Graham Gardner

IM SCHATTEN DER WÄCHTER

Graham Gardner wurde als zweitältestes von zehn Kindern in Worcestershire, England, geboren. Er studierte an der Universität von Aberystwyth, Wales. Nach seiner Promotion mit einer Arbeit über die Zusammenhänge zwischen Macht, Gemeinschaft und sozialen Veränderungen in ländlichen Regionen war er dort über zehn Jahre als Forscher und wissenschaftlicher Autor tätig. Danach wurde er Bibliothekar an der St. Marylebone School in London. Heute leitet er die Bibliothek der Abingdon School in der Nähe von Oxford. Außer der Literatur liebt er die Musik. Er spielt Klassik und Rock auf dem Klavier. – Sein Roman *Inventing Elliott* (2003) wurde von der Kritik in Großbritannien begeistert gefeiert und in mehr als zehn Sprachen übersetzt. Für die deutsche Ausgabe, *Im Schatten der Wächter*, wurde er 2005 von der Jugendjury mit dem Deutschen Literaturpreis ausgezeichnet.

Graham Gardner

IM SCHATTEN DER WÄCHTER

Aus dem Englischen von Alexandra Ernst

Verlag Freies Geistesleben

Für meine Eltern
in Liebe und Respekt

Die Originalausgabe mit dem Titel *Inventing Elliot* ist 2003 im Verlag Orion Children's Books, 5 Upper St. Martin's Lane, London WC2H 9EA erschienen.

Im Jahr 2005 wurde *Im Schatten der Wächter* von Graham Gardner mit dem Deutschen Jugendliteraturpreis der Jugendjury als bestes Jugendbuch des Jahres 2004 ausgezeichnet.

Jubiläumsausgabe 2017
zum 70-jährigen Bestehen des
Verlags Freies Geistesleben

ⓔ auch als eBook erhältlich

Verlag Freies Geistesleben
Landhausstraße 82, 70190 Stuttgart
www.geistesleben.com

ISBN 978-3-7725-2836-1

Umschlaggestalung: Bianca Bonfert
Illustration: chronicler101/istockphoto
Druck: GGP Media GmbH, Pößneck
Printed in Germany

Der Zweck der Verfolgung ist die Verfolgung. Der Zweck der Folter ist die Folter. Der Zweck der Macht ist die Macht. Fangen Sie nun an, mich zu verstehen?

George Orwell, *1984*

PROLOG

Die letzte Stunde war vorbei. Er war schon fast zum Tor hinaus. Da packten sie ihn und schleppten ihn zurück zu den Umkleidekabinen hinter der Schule. Kevin Cunningham. John Sanders. Steven Watson. Jeder von denen war alleine schon schlimm genug. Die drei zusammen waren schrecklicher als alles, was er sich hatte vorstellen können.

Sie stießen ihn mit dem Rücken gegen die Wand und hielten seine Arme fest. Kevin schob sich ganz dicht an ihn heran, bis sein Atem Elliots Gesicht streifte.

«Hallo, Elliot. Hast du gedacht, wir hätten dich vergessen?»

Er sagte nichts. Jede Reaktion würde alles noch schlimmer machen.

«Antworte, wenn man mit dir spricht.»

«Nein.»

«Nein was?»

«Nein – ich habe euch nicht vergessen.»

«Du bist ein Loser, Elliot, weißt du das?»

«Das ... weiß ich.»

Kevin lächelte. «Es gibt einen Ort für Typen wie dich, Elliot. Man nennt ihn Müllhalde. Warum tauchst du immer wieder in der Schule auf? Du weißt doch, dass wir auf dich warten, um dich dahin zurückzubringen, wo du hingehörst.»

Er beugte sich vor und riss die Brusttasche von Elliots Jackett ab. Sie hing da wie eine tote Zunge.

Dann machte er dasselbe mit den anderen Jackentaschen.

Einen Moment lang fühlte Elliot gar nichts. Doch mit einem Mal bewegte sich etwas in ihm, als hätte man einen Schalter umgelegt. Plötzlich, unerklärlich und erschreckend explodierte ein weiß glühender Zorn, etwas, das Elliot noch nie erlebt hatte. Die Wut fraß sich durch ihn hindurch, geriet außer Kontrolle, wurde zu einem brüllenden Feuersturm, zu der Raserei eines Wahnsinnigen. Er riss sich von den Händen los, die ihn gepackt hatten, stürzte sich auf Kevin und schlug ihn, schlug ihn, schlug ihn – wieder und wieder und wieder …

«Ich bring dich um, ich bring dich um, bring dich um, bring dich um!»

Sie zerrten ihn zurück und warfen ihn wieder gegen die Wand. Sein Hinterkopf schlug gegen die Kacheln, und ihm wurde übel.

Langsam stand Kevin auf. Er wischte sich das Blut von seinem Mund. «Das wirst du bereuen», sagte er. «Sehr sogar.»

Elliots Zorn war verflogen. Er spürte nur noch eine wohlige Taubheit in seinem Innern. Alles stand jetzt klar und deutlich vor ihm. Schon bald würde er tot sein. Aber in Wirklichkeit hatten sie ihn bereits vor langer Zeit umgebracht. Also konnten sie ihm gar nicht mehr wehtun.

«Ihr könnt mich nicht umbringen», sagte er. «Ich bin doch schon tot.»

Der erste Schlag traf ihn direkt über dem Herzen, und es tat überhaupt nicht weh.

Ihr könnt mich nicht verletzen. Ich bin doch schon tot. Tot.

Aber dann folgte der zweite Schlag, auf die Seite seines

Kopfes, und der dritte, genau dorthin, wo der erste gelandet war.

Und sehr bald kamen die Schmerzen.

Aber ihr könnt mir nicht wehtun, dachte er. *Ich bin schon tot.*

Der Schmerz wurde stärker – ein warmes Pochen, das sich langsam ausbreitete.

Dann explodierte eine thermonukleare Bombe in seinem Kopf, und er fiel. Und fiel. Und fiel. Und schließlich kam die Erlösung. Er starb.

1

Elliot Sutton schluckte die klebrige, säuerliche Angst herunter, die ihn zu ersticken drohte. Es war der erste Tag des neuen Jahres. In weniger als einer Woche erwartete ihn der erste Tag an seiner neuen Schule.

Denk positiv, sagte er sich immer wieder. Es sollte ein neuer Anfang für ihn werden. In seiner neuen Schule wusste niemand von den vergangenen Ereignissen. Er ging dorthin mit einer reinen Weste und einer völlig unbefleckten Identität. Er konnte ein neues Leben beginnen – etwas, das sie sich alle erhofften.

Das soll doch wohl ein Witz sein, dachte er. Als ob ein neues Haus und eine neue Stadt einen Zauberbann weben konnten, der seinen Vater gesund machen würde. Bisher hatte sein Vater nicht zu erkennen gegeben, dass er ihren Umzug überhaupt bemerkt hatte. Er saß in demselben Sessel und schaute sich dieselben Sendungen im Fernsehen an, Tag für Tag ...

Denk positiv. Elliot schaute sich in seinem Zimmer um und betrachtete die vollen Umzugskisten, die dickbäuchigen Plastiktüten und den abgewetzten offenen Koffer, aus dem seine Kleider auf den Boden quollen. Es war zwei Wochen her, seit sie in dieses Haus gezogen waren, und er hatte es noch immer nicht über sich gebracht, seine Sachen auszupacken. Er zog einfach die Kleidungsstücke hervor, die er täglich brauchte, und redete sich ständig ein, dass er die Sache «morgen» in Angriff nehmen würde.

In Wahrheit fürchtete er sich davor auszupacken. Alles, was in den Kisten, den Plastiktüten und dem Koffer steckte, erinnerte ihn daran, wo er herkam. Und da wollte er ganz bestimmt nie wieder hin, nicht einmal in Gedanken.

Während er so dastand, wurde ihm klar, dass er eine Entscheidung getroffen hatte, ohne sich dessen wirklich bewusst gewesen zu sein. Er würde nicht auspacken. Das meiste, was da verstaut war, gehörte seiner Vergangenheit an, nicht seiner Gegenwart. Es sollte bleiben, wo es war. Er würde nur herausholen, was er unbedingt brauchte. Der Rest sollte verborgen bleiben. Vielleicht konnte er die Sachen sogar irgendwie loswerden – auf diese Art würde er niemals in Versuchung kommen, zu seiner Vergangenheit zurückzukehren.

Eine Welle von Energie überflutete ihn, und er machte sich an die Arbeit, bevor sie wieder abebben würde. Er leerte den Koffer auf dem Bett aus. Drei Paar Jeans, ziemlich abgetragen, aber das machte nichts. Sie durften bleiben. Ebenso seine Sweatshirts und seine T-Shirts. Einer der wenigen Vorteile, die es hatte, dass er seit seinem zwölften Lebensjahr nicht mehr viel gewachsen war, war die Tatsache, dass er noch keine neuen Kleider brauchte. Das war ein glücklicher Umstand, denn bei seinem letzten Versuch, seine Mutter zu überreden, ihm Geld für neue Sachen zu geben, hatte sie in seinen Kleiderschrank geschaut und gefragt: «Was ist denn an deinen Kleidern auszusetzen? Die sind doch noch tipptopp. Wahrscheinlich kannst du sie noch jahrelang tragen, solange du nicht wächst.» Was so viel hieß wie: *Tut mir leid, das können wir uns nicht leisten.*

Die Schuluniform war ein Problem. Er brauchte Hosen, ein Jackett, Hemden, eine Krawatte, eine Sporttasche ... Das alles würde ein Vermögen kosten. Es war völlig ausgeschlossen, dass seine Mutter das Geld zusammenkratzen konnte, um die Sachen neu zu kaufen. Sie würden in einem Secondhandshop welche besorgen müssen.

Was bedeutete, dass er sofort auffallen würde.

Er schob die niederschmetternden Gedanken über die Kleiderfrage zur Seite, tauchte in die erstbeste Kiste, kramte die wenigen Bücher hervor, die er mitgebracht hatte, und stellte sie auf das Regal.

Was den Rest des Zeugs anging ... Er zog ein verstaubtes Fotoalbum hervor. Die Bilder – von ihm in den verschiedenen Stadien seiner Kindheit, von seiner Familie, seiner Mutter und seinem Vater – waren alle mindestens drei Jahre alt. Seine Mutter hatte schon seit Langem keine Fotos mehr gemacht. – Er legte das Album zurück, schob die Kisten unter sein Bett und wuchtete den Koffer auf seinen Schrank.

Er beschloss, keine Poster aufzuhängen. Er wollte saubere, blanke Wände haben. Sie würden ihm ständig in freundliche Erinnerung rufen, dass dieses Haus brandneu war. Frisch. So wie alles, was sich von nun an ereignen würde. Er atmete tief ein und genoss den reinen, verführerischen Duft von frischer Farbe und frischem Holz. Lange hielt er die Luft in seinen Lungen.

Eine Idee, die schon seit geraumer Zeit in seinen Gedanken gekeimt war, machte sich breit und entfaltete sich. *Hier kennt mich niemand.* Er hatte eine Chance. Nicht nur die Chance, den alten Elliot hinter sich zu lassen, sondern einen völlig neuen Elliot zu erfinden. Elliot, geboren aus dem Nichts.

«Hier kennt mich niemand», flüsterte er.

Es musste nicht so sein wie früher.

Ich lasse nicht zu, dass es so wird wie früher.

Einst waren sie eine glückliche Familie gewesen.

Das durfte er nie vergessen.

Sein Vater hatte ein eigenes Geschäft gegründet. Er wollte Verpackungen herstellen und verkaufen, spezielle Verpackungen für zerbrechliche und kostbare Güter. «Der Markt wartet nur darauf», sagte er immer wieder. Es gab Leute, die bereit waren, viel Geld dafür auszugeben, dass die Gegenstände, die sie mit der Post verschickten, nicht beschädigt wurden.

«Teuer und exklusiv. Darum geht es.» Auch das sagte sein Vater immer wieder. Wo er vorher gearbeitet hatte, war es alles andere als teuer und exklusiv zugegangen. Vielmehr hatte sich alles um billige Angebote und Massenware gedreht. Elliots Vater hatte Verpackungen für eine große Firma entworfen, die diese Verpackungen an andere große Firmen weiterverkaufte. Es war ja nicht so, dass er seinen Job verabscheute, hatte er Elliot erklärt. Aber er mochte ihn auch nicht besonders. Und deshalb reichte er eines Tages seine Kündigung ein und stellte sich auf eigene Füße.

Es war eine gute Zeit. Eine Atmosphäre von Erwartung und Erregung. Von ständiger Aktivität: Sein Vater, der ins Haus sauste, sein Essen herunterschlang und eilige Telefonate erledigte. Sein Vater, der sagte: «So muss man es machen – ich *weiß* es.» Mindestens zweimal am Tag sagte er das, jeden Tag, ein Jahr lang, so schien es. Und jeden Morgen zwängten sich Unmengen von Post, Umschläge über Umschläge, Briefe und Sendungen durch den Briefschlitz in der Tür.

Auch später waren noch jede Menge Briefe gekommen. Nach einer Weile versiegte die Flut. Stattdessen klopfte es an der Tür, meistens während des Frühstücks. Elliots Mutter stand auf, öffnete die Tür, unterschrieb auf dem Klemmbrett des Postboten und kam dann, auf das weiße oder braune Rechteck in ihrer Hand starrend, zum Esstisch zurück. Sie öffnete die Umschläge niemals in Elliots Gegenwart. Sie starrte sie nur an, als ob sie sie nicht deutlich erkennen könnte, als ob sie nicht verstehen würde, was sie bedeuteten.

Aber davor ... Sobald die Briefe durch den Schlitz in der Tür raschelten, sprang sein Vater auf, um die Post zu holen. Er brachte sie zum Tisch und riss sie ungeduldig auf, während sich sein Gesicht beim Lesen zu einem Lächeln verzog oder er – gelegentlich – seine Stirn leicht in Falten legte.

«Das ist eine Investition in unser aller Zukunft. Das ist für uns alle.» Eine weitere Lieblingsphrase seines Vaters.

«Hörst du mir zu, Elliot, mein Junge? Das machen wir, damit wir dich weiter mit deinen heiß geliebten Büchern füttern können und trotzdem noch ein Abendessen auf dem Tisch steht. Ich habe übrigens gestern Abend noch um halb zwölf Licht in deinem Zimmer gesehen – aber wahrscheinlich hast du keine Ahnung, wie hoch unsere letzte Stromrechnung war, oder?»

Den letzten Satz brüllte er immer in gespieltem Ärger hervor. Dann, um zu beweisen, dass alles nur ein Scherz war, packte er Elliot um die Taille, wirbelte ihn herum und sagte: «Und wahrscheinlich erwartest du von mir, dass wir am Samstag schon wieder zusammen in die Bücherei gehen ...»

Es war ein uralter Scherz. Elliot und sein Vater gingen jeden Samstag in die Bücherei, und Elliot las leidenschaftlich gern, solange er denken konnte. Wenn er sich in ein Buch vertiefte, versank er in einer anderen Welt, im Innern einer Geschichte. Eine kurze Zeit lang ließ ihn die Wirklichkeit in Ruhe.

Auch jetzt griff er nach einem Buch.

Er versuchte die Angst auszublenden.

Glückliche Familien.

Denk positiv.

2

Um einen neuen Elliot zu erschaffen, brauchte er zunächst einmal Geld. Viel Geld.

In seiner Spardose hatten sich einhundertzweiundneunzig Pfund und neunundachtzig Pence befunden. Jeder Geldschein und jede Münze, die er sich verdient hatte, indem er fünf Tage in der Woche früh aufgestanden war und Zeitungen ausgetragen hatte. In Gedanken hatte er das Geld für unberührbar erklärt, bis zu dem Tag, an dem er etwas finden würde, was er sich wirklich wünschte.

Seine Geldbörse war ganz prall von den Scheinen und Münzen, als er jetzt durch das Einkaufszentrum streifte.

Er konnte jederzeit wieder anfangen zu sparen, für etwas, das er sich wirklich wünschte. *Ja, sicher.* Aber im Augenblick war wichtiger, was er wirklich *brauchte*.

Nachdem er die Sporttasche gekauft hatte, waren allein für seine Schulausstattung schon über hundert Pfund angefallen, und das, obwohl er Glück gehabt und ein gut erhaltenes Secondhandjackett gefunden hatte. Die Schuhe kosteten weitere vierzig Pfund.

Nach seinem Einkauf ließ er sich die Haare schneiden. Anstelle seiner kindisch langen schwarzen Strähnen ließ er sich die Haare an den Seiten abrasieren und sich die Spitzen blond färben.

Langsam kam ein neuer Elliot zum Vorschein.

Auf dem Heimweg war seine Geldbörse so leicht wie eine Feder.

Das lohnt sich. Dafür lohnt sich jeder Penny.

Die Reaktion seiner Mutter auf den Haarschnitt und die Kleider war weit weniger spektakulär, als er erwartet hatte. Der einzige Kommentar, den sie abgab, als er durch die Haustür marschierte, war: «Nun, wenn du unbedingt dein Geld zum Fenster rauswerfen willst, warum nicht? Das ist deine Sache.» Die Tatsache, dass er ihr sowohl Zeit als auch Geld gespart hatte, indem er die Sachen selbst gekauft hatte, würdigte sie mit keinem Wort.

Sie sah müde aus. Sein Vater schaute sich ein Fußballspiel an. Der Ton war laut gedreht. Mit ziemlicher Sicherheit hatten sie sich gestritten, während er weg gewesen war.

Eigentlich, dachte Elliot, war ‹Streit› das falsche Wort. Zu einem Streit gehörte mehr als eine Person, aber die Einzige, die herumbrüllte und weinte, war seine Mutter. Sein Vater saß einfach nur da.

Das Abendessen verlief in unbehaglichem Schweigen. Elliot schaufelte Spaghetti Bolognese in sich hinein, ohne irgendetwas zu schmecken. Alles würde hier genauso sein wie früher. Nichts würde sich ändern.

«He.» Seine Mutter beugte sich über den Tisch und legte ihre Hand auf seinen Arm. Sie lächelte: ein echtes Lächeln, nicht die erschöpfte Grimasse, die sie sonst allenfalls zustande brachte. «Ich habe heute zwei Jobs gefunden. Morgens habe ich die Frühschicht als Putzfrau in der Papierfabrik und zweimal in der Woche arbeite ich nachts in einem Altenheim.»

Er war nicht besonders glücklich darüber. «Wann willst du an den beiden Tagen denn schlafen? Du musst doch direkt von einem Job zum nächsten.»

Sie drückte seinen Arm. «Mach dir keine Sorgen. Ich schaff das schon. Und das bedeutet, dass ich zu Hause bin, wenn du aus der Schule kommst.»

Das ist nicht wichtig, wollte er sagen, doch er schwieg. Sein Einwand wäre nach all der Mühe, die sie sich gegeben hatte, ein Schlag ins Gesicht gewesen.

Sie lächelte wieder. Zum ersten Mal bemerkte er graue Strähnen in ihrem schwarzen Haar.

«Es wird uns hier gut gehen», sagte sie. «Ich fühle es. Ein neuer Anfang für uns alle. Für dich, für mich und ...»

Sie blickte seinen Vater an, der von seinem Teller aufschaute. Elliot versuchte in seinen Augen zu lesen. Gab es dort irgendetwas, das anders war? Ein Glimmen des alten Feuers hinter der Stumpfheit? Er redete sich ein, dass es so war, dass er nur nicht gründlich genug hinschaute.

Nach dem Abendessen ging er ins Badezimmer und zog seine Schuluniform an. Die dunkelgrüne Krawatte wirkte an ihm zu groß, aber das konnte er nicht ändern. Doch abgesehen davon sah er ganz in Ordnung aus, dachte er erleichtert. Ein überaus wichtiger Punkt.

Er betrachtete sein Gesicht im Spiegel. Der Haarschnitt tat seine Wirkung. Er machte seine Züge schärfer und älter. Härter. Das war nicht mehr das Gesicht eines Kindes.

Aber seine Größe (klein) und sein Körperbau (leicht) brandmarkten ihn immer noch als Kind. Er würde auffallen – die Größe war das Erste, was die anderen bemerkten. Daran konnte er nichts ändern.

Er hatte sich gerade ins Bett gelegt, als es an der Tür klopfte und seine Mutter hereinkam. Sie setzte sich auf die Bettkante, etwas, das sie nicht getan hatte, seit sie hierher gezogen waren.

«Du musst Geduld mit ihm haben, Elliot. Er ist krank. Depression ist eine Krankheit. Und er leidet immer noch unter seinen Verletzungen. Es ist nicht seine Schuld, das musst du begreifen. Wir beide müssen das begreifen.»

«Ich wünschte nur ...» Er schwieg. Er konnte nicht aussprechen, was er sich wünschte.

Sie beendete den Satz an seiner Stelle: «Du wünschst dir, dass alles so wäre wie vorher. Ich weiß. Mir geht es genauso. Aber es wird nie wieder so sein. Und wir müssen das akzeptieren.»

Er wandte den Blick zur Seite und dachte an die Nacht, in der sein Vater nicht nach Hause gekommen war.

Als das Geschäft schließlich florierte, hatte Elliots Vater angefangen, fast jeden Tag bis spätabends zu arbeiten. Elliot war darüber nicht besonders erfreut gewesen, denn oft war sein Vater nicht einmal zum Abendessen zu Hause. Elliot vermisste die gemeinsamen Mahlzeiten und die Tischgespräche über Gott und die Welt. Er vermisste das Gefühl, eine Familie zu haben.

Auch die Samstage verliefen nun anders. Meistens war sein Vater unterwegs zu einem Kunden und konnte Elliot nicht zur Bücherei bringen. Stattdessen begleitete ihn seine Mutter. Elliot war ganz zufrieden damit und später, als er älter wurde, ging er sowieso allein. Aber manchmal hatte er den Eindruck, dass es nicht mehr so viel Spaß machte wie früher.

Dennoch kamen die drei mit der Situation zurecht. Es gab immer noch die Sonntage, an denen sein Vater den ganzen Tag zu Hause blieb und alles wieder so war wie in den alten Zeiten. An den Sonntagen saßen sie gemeinsam am Küchentisch, aßen, redeten und lachten. Und wenn er an den Werktagen abends nicht rechtzeitig zum Essen zu Hause war, kam er trotzdem jedes Mal zu Elliot ins Zimmer, um mit ihm zu reden oder ihm einfach nur gute Nacht zu wünschen.

Eines Nachts war es schon sehr spät und sein Vater war immer noch nicht heimgekommen. Elliot hatte im Bett auf ihn gewartet und schlief schon halb, als es an der Haustür klingelte. Er hörte, wie sich die Tür öffnete, hörte fremde Stimmen und das Geräusch der Tür, die ins Schloss fiel. Danach das Scharren von Stühlen auf dem Küchenfußboden.

Nur mit seinem Schlafanzug bekleidet, schlich er sich die Treppe hinunter. Die Küchentür war zu.

Er lauschte.

Er konnte nicht genau verstehen, was gesagt wurde. Alles, was er hören konnte, waren vereinzelte Wörter und Satzfragmente: «... Überfall ... zahlreiche Verletzungen ... Krankenhaus ... operieren jetzt ...»

In Elliot wuchs die Angst. In seinem Magen machte sich eine nagende Unruhe breit, die schon bald zu seinem ständigen Begleiter werden sollte. Er wollte, dass die Stimmen weitersprachen; so lange sie redeten, war alles in Ordnung. Nichts würde sich verändern.

Redet weiter. Redet weiter.

Dann hörte er, wie Stühle zurückgeschoben wurden. Schwere Schritte näherten sich, und die Tür wurde geöffnet. Zwei uniformierte Polizisten – ein Mann und eine Frau. Ihr

Blick fiel auf Elliot. Sie blieben stehen, schauten einander an und nickten. Die Frau trat zurück in die Küche, während der Mann auf Elliot zukam und ihn anlächelte. Aber es war ein mühsames Lächeln, als ob er sich ständig selbst ermahnen müsste, es nicht abzulegen.

«Hallo. Hast du gelauscht?»

Elliot sagte nichts.

«Kannst du bitte nach oben gehen und dich anziehen? Deine Mutter wird gleich fertig sein.»

Elliot schwieg weiterhin. Er dachte nur immerzu: *Das ist nicht wirklich. Nicht wirklich. Nicht wirklich.* Das war etwas, das nur im Fernsehen passierte – der Streifenwagen vor dem Haus, das Klopfen an der Haustür, die Gestalten in Uniform, die ruhigen Worte und die mitfühlenden Gesichter. Das war nicht das wirkliche Leben. Es würde erst real werden, wenn er Anteil daran nahm. Also würde er das nicht tun.

«Dein Dad wurde verletzt. Wir bringen dich zusammen mit deiner Mutter ins Krankenhaus, weil hier niemand auf dich aufpassen kann. Okay? Deine Mum macht sich gerade fertig.»

Nicht wirklich. Nicht wirklich. Nicht wirklich. Nicht wirklich.

Sein Vater war auf dem Weg zu seinem Wagen überfallen worden. Wer immer das gewesen war – sein Vater konnte sich an nichts erinnern und es gab keine Zeugen – hatte seine Brieftasche gestohlen, seine Wagenschlüssel und sein Handy. Elliots Vater hatte einen Schädelbruch erlitten. Der Angreifer hatte ihm mehrere Rippen gebrochen und mit seinen Schlägen die Milz angerissen. Dann ließ er ihn auf dem Asphalt liegen. Blutend. Sterbend.

Nicht wirklich. Aber die Worte konnten die Welt nicht länger zurückhalten.

«Elliot? Hörst du mir zu? Ich sagte, dass er sich erholen wird. Es braucht nur seine Zeit, das ist alles.»

Elliot besuchte seinen Vater im Krankenhaus, sah sein geschwollenes und zerschmettertes Gesicht, die Röhren, die aus seiner Nase ragten, die Drähte an seinen Handgelenken und an seiner Brust. Er sah, dass er sich nicht bewegen, ja kaum sprechen konnte. Zerstört. Damals weinte Elliot um ihn. Und er betete, obwohl er nicht an Gott glaubte.

Aber das war vor drei Jahren gewesen. Die Knochenbrüche waren geheilt. Sein Vater war nach Hause gekommen.

Aber er war nicht gesund geworden.

«Du verstehst das doch, oder?» Die Stimme seiner Mutter klang flehentlich.

Elliot zwang sich dazu, sie anzuschauen. «Natürlich verstehe ich das. Ich weiß, dass es Zeit braucht, so wie die Ärzte sagten. Ich wünschte nur ... Ich wünschte nur, das alles wäre nie passiert. Das ist alles.»

Nachdem sie wieder nach unten gegangen war, schaltete er das Licht aus und starrte in die Dunkelheit. Immer noch zogen die Bilder durch seinen Kopf.

Fast war es ihm, als könnte er die Stimme seines Vaters hören, aus weiter, weiter Ferne.

«Die Frage ist, wie sehr du dich auf eine Sache konzentrierst», sagte er immer, gewöhnlich beim gemeinsamen Abendessen. «Wenn es dir ernst mit etwas ist, dann musst du dich voll und ganz darauf konzentrieren. Und wenn du das tust, wird dir dein Vorhaben auch gelingen. So muss man das machen, genau so.»

Und seine Mutter lächelte und sagte: «Oh ja, du hast völlig recht. Würdest du mir bitte das Salz reichen?», weil sie diesen Vortrag schon hundertmal gehört hatte.

Dann lächelte auch sein Vater, aber was er sagte, war ernst gemeint. Einmal, als sie mit dem Essen fertig waren, wandte er sich zu Elliot und sagte: «Hör mir zu, mein Sohn. Ich meine, was ich sage. Es wird immer Menschen geben, die dir einreden wollen, dass du dies oder jenes nicht kannst. Sie wollen dir weismachen, dass du es nicht tun sollst, weil es nicht geht, weil es unmöglich ist. Als ich meinem alten Boss erklärte, dass ich mich selbstständig machen wollte, weißt du, was er da gesagt hat? Er sagte: ‹Viel Glück, Sie sind ja vollkommen verrückt. Wir halten Ihnen den Job frei, damit Sie was haben, wohin Sie zurückkehren können, wenn Sie gründlich auf die Nase gefallen sind.› Ist das zu glauben?»

Elliot schüttelte den Kopf, wie es sein Vater von ihm erwartete.

«Das sind die Sprüche, mit denen du fertig werden musst, Elliot, mein Junge, und zwar dein ganzes Leben lang. Aber hör nicht auf sie. Hör bloß nicht auf sie.»

Nun, zumindest jetzt blieb sein Vater von solchen Sprüchen verschont. Heute sagte niemand mehr zu ihm: «Du wirst niemals mehr gesund werden. Es ist unmöglich. Es geht nicht.»

Niemand hatte in den letzten drei Jahren so mit seinem Vater geredet. Ganz im Gegenteil.

Aber es machte sowieso keinen Unterschied.

Als Elliot gesagt hatte: «Ich wünschte», hatte er in Wahrheit etwas gemeint, was er niemals aussprechen würde. *Ich wünschte, er würde einfach sterben.* Wieder dachte er diesen Gedanken und fühlte sich dann schuldig und ekelte sich vor sich selbst, weil er ihn gedacht hatte.

Aber auch das war nicht eigentlich das, was er gemeint hatte. Wie konnte er wünschen, dass sein Vater sterben würde, wenn er in Wirklichkeit schon tot war?

Die Person, der er den Tod wünschte, war der Mann, der da unten saß und nichts sagte; der Mann, der stumm und stumpfsinnig ins Leere starrte; der Mann, der nicht sein Vater war, egal, wie ähnlich er ihm auch sehen mochte. Wenn diese Person sterben würde, würde sein Vater vielleicht zurückkommen, würde durch die Haustür treten und sagen ...

Zornig schüttelte Elliot den Kopf, um die Bilder zu verscheuchen. *Hör auf zu fantasieren! Das wird nicht geschehen. Nicht heute. Nicht morgen. Niemals.*

Aber er konnte nicht aufhören sich vorzustellen, wie er diesen Mann aus dem Haus treiben würde. Er würde ihn anschreien. *Raus hier! Raus! Mach, dass du rauskommst!* Mit der größten Bratpfanne, die er in der Küche finden konnte, würde er den Bildschirm des Fernsehers zertrümmern. Die Bildröhre würde mit einem herrlichen WUMP! implodieren, und es würde Funken regnen.

Er wusste, dass er das niemals tun würde – aber nicht, weil er sich nicht traute, nicht weil ihm der Mut dazu gefehlt hätte. Er würde es nicht tun, weil er wusste, dass es keinen Sinn hatte. Der Mann in dem Sessel – der Hochstapler – würde ihn mit seinen leeren Augen geistesabwesend anschauen und sich dann wieder dem Kasten in der Ecke zuwenden. Die kleine Störung hätte er vergessen, noch bevor er sie richtig wahrnehmen konnte.

Ich hasse dich.

Ich hasse mich selbst.

Und immer noch stand ihm der Auftritt an der neuen Schule bevor. In weniger als einer Woche.

Vielleicht war es ein neuer Anfang.

Vielleicht.

3

Der erste Schultag nach den Weihnachtsferien. Mit einem unguten Gefühl in der Magengrube näherte sich Elliot dem Haupteingang seiner neuen Schule.

Das Holminster Gymnasium.

Er hatte der Schule kurz vor Weihnachten einen Besuch abgestattet. Das Erste, was ihm bei dem Anblick eingefallen war, war ein alter Schwarzweißfilm mit dem Titel *Auf Wiedersehen, Mr. Chips.* Das Hauptgebäude war alt, erbaut aus rotem Backstein, mit altmodischen Schiebefenstern. Die wenigen modernen Gebäudeteile bestanden aus braunem Backstein und hatten getönte Fensterscheiben. Der ganze Komplex strahlte Stil aus, guten Geschmack und Exklusivität.

Seine alte Schule war eine planlose Ansammlung von niedrigen, rosafarbenen Betontürmen. Von jeder Wand stachen dem Betrachter Graffiti in die Augen – die Schulleitung hatte es aufgegeben, die Schmierereien zu entfernen. Wenigstens lenkten die bunten Farben von der Hässlichkeit der Architektur ab.

In Holminster gab es keine Graffiti.

Vor der Schule breitete sich ein weitläufiger Rasen aus, der im Sommer zu einem Teil des Schulhofs wurde. Altehrwürdige Bäume standen dort, hohe, dicke Eichen und Buchen. Eingerahmt wurde der Rasen von Blumenbeeten mit immergrünen Pflanzen, die in zarten Farben blühten, und anderen kostbar wirkenden Blumen. Elliot hatte Mühe, nicht allzu beeindruckt zu sein.

Das Innere war eine Mischung aus Altem und Modernem, aus Tradition und Hightech-Ausstattung. Die geschnitzte Holztäfelung an den Wänden ging harmonisch in einen dezent gemusterten Linoleumboden über. Sepiabraune Fotografien früherer Schulleiter hingen neben abstrakten Gemälden, die einer Kunstgalerie zur Ehre gereicht hätten. Noch mehr Stil, noch mehr guter Geschmack und noch mehr Exklusivität.

In der Broschüre, die die Schule herausgab, stand viel über die Verbindung von «Tradition» und «Pflichtgefühl» mit «dynamischen Lehrmethoden» und «fortschrittlichem Denken». Man rühmte sich einer «ausgezeichneten Disziplin», einer «moralischen Erziehung» und beschrieb das Umfeld als «positiv und produktiv». Auf jeder Seite waren mindestens zwei Fotos von Holminster-Schülern zu sehen, die ernsthaft über ihre Schularbeiten gebeugt waren, einen sportlichen Wettkampf bestritten oder ihre Auszeichnungen und Pokale präsentierten.

Elliot hatte keine Sekunde an all das geglaubt. Aber es wäre schön, wenn er die Illusion daran noch festhalten könnte – wenigstens für eine kurze Zeit.

In einem Meer von roten Schuluniformjacken ließ er sich mit durch das Tor schwemmen.

Ein Gesicht in der Menge. So soll es sein.

Die nächste Viertelstunde, bis der Unterricht begann, war eine gefährliche Zeit. Er durfte nicht auf die falsche Art und Weise auffallen.

Erst dachte er, es wäre am besten, irgendwo stehen zu bleiben, dann kam er zu dem Schluss, dass es doch unauffälliger wäre, wenn er herumlaufen würde. Er bemühte sich herauszufinden, was die anderen Schüler taten, aber es war unmöglich, ein Muster zu erkennen. Die meisten standen in kleinen Gruppen zusammen. Manche davon bestanden nur aus Jungen, manche nur aus Mädchen, manche waren gemischt. In zwei verschiedenen Ecken wurde Fußball gespielt. Ein paar Jugendliche schlenderten ziellos herum und waren nur mit sich selbst beschäftigt.

Er ging ein paar Schritte und blieb dann stehen. Ging weiter. Blieb stehen.

Der Stoff seiner Hose kratzte. Der Kragen scheuerte ihn am Hals. Die Schuhe drückten. Aus seinen Achselhöhlen floss Schweiß, obwohl es ein kühler Tag war. Er stellte sich vor, wie der Schweiß sein Hemd durchnässte und der knisternd saubere weiße Stoff sich mit Flüssigkeit vollsaugte. Er war froh, dass er sein Jackett trug.

Die Schule war nicht immer ein Albtraum gewesen. Das musste sich Elliot wieder und wieder ins Gedächtnis rufen. Aber es fiel ihm schwer, sich an solche Zeiten zu erinnern.

Sein erstes Gymnasium war in Ordnung gewesen. Um die Wahrheit zu sagen, hatte er sich dort sogar einigermaßen glücklich gefühlt, trotz allem, was zu Hause passierte. Er hatte eine kleine Clique von Freunden gehabt, mit denen er seine Freizeit verbrachte. Auch das Lernen machte ihm nicht besonders viel aus, schon gar nicht in Englisch, wo sie Zusammenfassungen von Büchern schreiben mussten. Lesen als Hausaufgabe? Nichts leichter als das. – Dann kam der Umzug.

Da sein Vater nach der Rückkehr aus dem Krankenhaus nicht wieder arbeiten konnte, ging sein Unternehmen pleite. Seine Mutter nahm einen Job in einem Altenheim an – ein weiterer Schritt weg von der Normalität; sie hatte noch nie zuvor gearbeitet –, aber dennoch waren sie nicht in der Lage gewesen, die Miete für das Haus zu zahlen. Sie mussten sich nach einer billigeren Bleibe umschauen.

Am Anfang, direkt nachdem seine Mutter den Entschluss verkündet hatte, hatte Elliot noch geglaubt, dass es ihm nichts ausmachen würde. Doch damals hatte er noch nicht geahnt, dass sie sich etwas Besseres als diese miserable Wohnung nicht leisten konnten. Er hatte nicht geahnt, dass er wegen des Umzugs von der Schule abgehen musste, in der er kaum ein halbes Jahr verbracht hatte. Dass er sich von allem trennen musste, was er kannte.

«Es tut mir leid, Elliot», hatte seine Mutter gesagt, «wirklich leid. Aber wir können es uns unmöglich leisten, dich fünf Tage in der Woche ans andere Ende der Stadt zu schicken. Das verstehst du doch, nicht wahr?» Ihr Gesicht flehte: *Bitte versteh doch. Bitte, bitte, bitte!*

Natürlich verstand er. Er verstand immer. Er war elf Jahre alt, besser gesagt elfeinhalb. Alt genug, um sich nicht zu beklagen. Alt genug, um zu wissen, dass Diskutieren keinen Sinn hatte.

Aber alles, was er in der neuen Schule tat, tat er lustlos. Es war, als ob die Energie, der Wille, seine ganze Lebenskraft aus ihm herausgezogen worden wären. Jede Anstrengung – das Denken und das Handeln – war zu viel für ihn. Zu schwer. Unüberwindlich schwer. Er unternahm keinen Versuch, neue Freunde zu finden. Seine Noten rutschten in den Keller.

In seiner alten Schule wäre er damit nicht durchgekommen. Dort gab es Lehrer, die mit aufmerksamen Blicken, freundlichen Fragen und Gesprächen unter vier Augen versucht hätten, dem Problem auf den Grund zu gehen. Doch an dieser Schule schien es niemanden zu kümmern, dass Elliot sich um nichts kümmerte. Die Lehrer registrierten die Anwesenheit ihrer Schüler, hielten ihre Stunden ab und korrigierten Hausarbeiten. Das war alles.

Eigentlich war er fast froh darüber gewesen, dass er ihnen egal war. Er wollte, dass man ihn ignorierte. Er wollte in Ruhe gelassen werden.

Aber es gab andere, die ihn nicht in Ruhe lassen wollten.

Es fing mit Kleinigkeiten an. Ein Tritt in seine Fersen, als er den Flur entlanglief. Ein Schlag auf den Hinterkopf im Klassenzimmer. Ein Hieb mit dem Ellenbogen, während er sich für den Sportunterricht umzog. Er versuchte, diese Dinge nicht zu beachten, weil er glaubte, dass er es noch schlimmer machen würde, wenn er darauf reagierte.

Der Pegel der Gewalt stieg an. Die Tritte wurden fester, die Schläge schmerzhafter, die Hiebe häufiger.

Er wusste nicht, warum man ihn auserwählt hatte. Vielleicht, weil er allein war.

Vielleicht, weil er klein und mager war.

Vielleicht, weil er ganz offensichtlich eine Schuluniform aus zweiter Hand trug.

Vielleicht, weil es ihn überhaupt gab.

Dann war ihm eine «persönlichere» Aufmerksamkeit zuteil geworden. Er wurde von Kevin Cunningham, dem ungekrönten König der Jahrgänge sieben und acht, nach der Schule in den Park zitiert. Kevin Cunningham hatte den Körper eines Zwölftklässlers und musste sich mit seinen zwölf Jahren schon rasieren.

«Wir werden dir eine Lektion erteilen, Ellie-Boy. Ich werde dir zeigen, was passiert, wenn man sich über mich lustig macht. Was hast du über mich gesagt, Ellie-Boy? Du hältst dich wohl für besonders schlau, was?»

Elliot hatte nichts über Kevin gesagt. Um genauer zu sein, hatte er über niemanden ein Wort verloren. Aber es schien so, als ob das keinen Unterschied machte.

Er würde nicht in den Park gehen, aber auch daran hatte Kevin gedacht. An dem bewussten Tag warteten vier Schlägertypen am Tor zum Schulhof auf Elliot.

Der Kampf dauerte nicht lange. Elliot schlug nicht zurück. Er hielt immer noch an dem Prinzip fest, dass Gegenwehr seine Situation nur noch verschlimmern würde. Er kam mit einer aufgeplatzten Lippe, sieben blauen Flecken auf seiner Brust, die bald in allen Regenbogenfarben schillerten, und einem Brummschädel davon, den er sich zuzog, als er mit dem Hinterkopf auf den Boden aufschlug.

Der Schmerz war ihm kaum bewusst. Er machte sich viel mehr Sorgen um einen abgerissenen Knopf und die Tatsache, dass sein Hemd mit Blut befleckt und seine Hosen über und über mit Grasschlieren und Schlamm verdreckt waren. Seine Mutter hatte ihn eindringlich gebeten, auf seine Schuluniform zu achten – «Und bitte wachse nicht. Das können wir uns nicht leisten.» Er musste alles tun, damit sie den Schaden nicht bemerkte.

Als er nach Hause kam, schlich er sich zur Wohnungstür hinein, an der Küche vorbei, wo seine Mutter herumwerkelte, und ins Badezimmer, um sich umzuziehen. Seine Zimmertür konnte man nämlich nicht abschließen.

Er zog sein Hemd aus. Von seiner Lippe war Blut seinen Hals heruntergelaufen und auf seine Brust getropft. Er versuchte es abzuwischen, ohne dabei die Prellungen zu berühren.

Es klopfte. «Elliot? Alles in Ordnung?»

Er erstarrte. «Alles klar.» Es kostete ihn ungeheure Anstrengung, das Zittern aus seiner Stimme zu verbannen.

«Elliot? Was ist los? Was ist passiert?»

«Nichts ist passiert.» Warum ging sie nicht einfach weg und ließ ihn in Ruhe? Er wollte nach seinem T-Shirt greifen – und merkte, dass er es in seinem Zimmer gelassen hatte, zusammen mit den Jeans.

In seinem Kopf hämmerte es. Ihm wurde übel.

Seine Mutter rüttelte von außen an der Türklinke. «Elliot, bitte. Mach die Tür auf. Ich weiß, dass irgendetwas passiert ist. Lass mich dich anschauen.»

Alles tat ihm weh. Das musste schon vorher so gewesen sein, nur hatte er es bisher nicht bemerkt. Ihm war zum Heulen zumute.

«Elliot!»

Als sie ihn sah, glaubte er, dass sie selbst anfangen würde zu weinen. Aber sie tat es nicht. Sie untersuchte seinen Hinterkopf, bestand darauf, dass er seine verschmutzten Hosen auszog, damit sie nachschauen konnte, ob er irgendwelche Verletzungen vor ihr verbarg, und ließ ihm dann ein heißes Bad ein.

Als er schließlich aus der Badewanne stieg, hatte sie bereits in der Schule angerufen und – so erklärte sie mit einer

Mischung aus Zorn und Befriedigung – sich sowohl mit dem Schulleiter als auch mit seinem Stellvertreter angelegt. Sie hatten behauptet, dass es nicht ihr Problem sei, weil der Kampf nach dem Unterricht und nicht auf dem Gelände der Schule stattgefunden hatte.

«Ich habe ihnen gesagt, dass, falls sie nicht in der Lage seien, das Problem am Kragen zu packen, ich kommen und das selbst erledigen würde – und die beiden gleich mit.»

Kevin wurde «verwarnt» – so drückte es der Schulleiter aus –, weiter nichts, weil sich kein «unbeteiligter Zeuge» finden ließ, der aussagen konnte, wer den Kampf angefangen hatte.

Von diesem Tag an war Elliots Leben die Hölle.

Es fanden keine Prügeleien mehr statt, außer derjenigen, die schließlich alles beendete. Aber was ihn stattdessen erwartete, war fast noch schlimmer.

Zunächst versuchten sie, ihn mit Anschuldigungen, die unter der Hand weitergetragen wurden, fertig zu machen. *Elliot stinkt. Elliot pisst ins Bett. Elliot ist schwul.* Blödsinnige, kindische Behauptungen, die niemand nur eine Sekunde lang hätte glauben sollen. Aber die Gerüchte machten die Runde, breiteten sich aus, wurden ausgeschmückt und erweitert. Die anderen Schüler fingen an, ihn verächtlich anzustarren, ihn schadenfroh auszulachen. Ging er an ihnen vorbei, vollführten sie obszöne Gesten und stießen Drohungen aus.

In den Umkleidekabinen und draußen auf dem Sportplatz erhielten sie schließlich die Gelegenheit zu mehr als nur Drohungen und Geflüster. Elliots Sporttasche landete unter der Dusche. In seinen Schuhen fand er Schlamm – und Schlimmeres – vor. Ein Ellenbogen in seinen Rippen, eine flache

Hand auf seinem Rücken. Brutale Fouls beim Rugby- und Fußballtraining hinterließen Löcher in seinen Schienbeinen, wo ihn die Spikes getroffen hatten, und pressten ihm den Atem aus der Lunge.

Andere Dinge passierten, viel schrecklichere Dinge. Zu schrecklich und beschämend, als dass er es wagen würde, sich daran zu erinnern.

Er glaubte, dass er seine Lage nur verschlimmern würde, wenn er sich wehrte, also tat er es nicht. Stattdessen versuchte er, unsichtbar zu werden, so unauffällig, dass niemand merkte, dass er überhaupt da war. Wenn sie ihn nicht bemerkten, würden sie ihn sicher in Ruhe lassen.

Aber es half nichts. Sie *wollten* ihn bemerken, es bereitete ihnen Vergnügen, ihn zu bemerken. Sie hielten bewusst Ausschau nach ihm. In den Fluren, auf dem Schulhof, in der Cafeteria – überall. Einmal suchte er in der Pause Zuflucht in der Bibliothek, aber sie kamen und zerrten ihn nach draußen. Der Lehrer, der die Aufsicht hatte, schaute nur kurz auf und sagte gelangweilt: «Wenn ihr euch prügeln wollt, dann macht das draußen.»

Nur in den Klassenzimmern war er sicher. Das Schlimmste, was sie ihm dort antun konnten, war, ihn zu knuffen, gegen seine Fußgelenke zu treten oder seine Bücher und Schreibgeräte auf den Boden zu werfen und dann «unabsichtlich» darüber hinwegzulaufen. «Oh, tut mir leid, Elliot. War das dein Füller? Ich hab ihn gar nicht gesehen.»

Tag für Tag. Woche für Woche. Monat für Monat. Bis es ihm so vorkam, als ob es schon immer so gewesen war und immer so sein würde, für alle Ewigkeiten. Ein endloses Leben voller Qual.

Ihm war klar, dass er nicht der Einzige war, dem es so ging. Mindestens zweimal pro Woche fand eine Prügelei statt, manchmal sogar auf dem Schulhof. Er erlebte mit, dass andere denselben Torturen unterzogen wurden wie er, andere Schüler, die «aufgefallen» waren. Er fühlte sich dadurch nicht besser. Er kannte keinen von ihnen. Er wollte keinen kennen.

Loser. Wir alle.

Das Einzige, was die Lage für ihn erträglich machte, war die Tatsache, dass er sie verbergen konnte.

Diejenigen, die diese brutalen Aktionen ausführten, waren nicht dumm. Sie schlugen ihn niemals da, wo es seiner Mutter sofort auffallen musste. Sie steckten nie seine Schuluniform unter die Dusche. Sie zielten nicht auf sein Gesicht und rührten auch seine Arbeitshefte nicht an.

Damit taten sie Elliot, ohne es zu wissen, einen Gefallen. Dass seine Mutter sich Sorgen machte, war das Letzte, was er wollte. Sie hatte schon genug Probleme.

Sein Vater war schwer behindert aus dem Krankenhaus gekommen. Das Essen musste für ihn klein geschnitten werden, bevor er es zu sich nehmen konnte. Er war nicht in der Lage, sich allein zu baden. Er konnte sich nicht einmal rasieren.

Seine Mutter musste ihm jeden Morgen helfen, sich anzuziehen und zu waschen. Dann ging sie zu ihrer Arbeit im Altenheim und tat dasselbe bei Menschen, die vierzig Jahre älter waren als sein Vater. Wenn Elliot aus der Schule kam, saß sie gewöhnlich über einem Berg von Papieren und versuchte, die kleine Familie über Wasser zu halten.

Es war ihm unmöglich, ihr von seinen Leiden zu erzählen.

Er wollte nicht noch eine zusätzliche Last auf ihren Schultern sein. Außerdem würde alles, was sie dann täte, seine Lage noch prekärer machen.

«Versprich mir, dass du mir Bescheid sagst, wenn irgendetwas los ist», sagte sie mindestens einmal in der Woche. «Versprich es mir.»

Und jedes Mal gab er ihr dieselbe Antwort: «Mir geht's gut. Versprochen.»

«Ganz ehrlich?»

«Ja, ehrlich.»

Hatte sie ihm tatsächlich geglaubt?, fragte er sich. Oder hatte sie ihm nur glauben wollen – ihm so verzweifelt glauben wollen –, dass sie seine Lüge akzeptiert hatte?

Sie versuchten alles, um einen Zipfel ihres vergangenen Lebens festzuhalten. Nachdem seine Mutter seinen Vater zu Bett gebracht hatte, setzten sie und Elliot sich an den Küchentisch und redeten, hielten die Erinnerung an die Zeit am Leben, als sie zu dritt dort gesessen hatten. Daraus entwickelte sich ein Ritual: Seine Mutter fragte, wie sein Tag gewesen war. Elliot fragte nach ihrer Arbeit. Er erfand Dinge und Ereignisse – etwas, das im Unterricht passiert war, Witze, alles, was ihm einfiel. Und sie hatte immer eine Anekdote über ihre «lieben Alten» parat, wie sie die Bewohner des Altenheims nannte.

Manchmal brach sie mitten im Satz ab. Bei diesen Gelegenheiten musste er sie aufrütteln und sich bemühen, sie zum Weitersprechen zu animieren. Ansonsten fing sie an zu weinen. Er konnte es nicht ertragen, wenn sie weinte. Er hatte keine Ahnung, was er dann tun sollte, musste sich Mühe geben, sie nicht anzustarren, bis sie sich ausgeweint, ihre Nase geputzt und gesagt hatte: «Tut mir leid, tut mir leid, tut mir leid.» Ihm war nie klar, ob sie sich für ihr Weinen entschuldigte oder für etwas anderes.

Später, im Bett, las er stundenlang. Oft bis zwei oder drei Uhr morgens, manchmal sogar die ganze Nacht lang. So lange, bis er die Augen nicht mehr offen halten konnte. Es war völlig egal, was er las. Hauptsache, es hielt ihn vom Schlafen ab. Hauptsache, es hielt die Albträume fern.

Denn selbst im Schlaf ließ ihn die Angst nicht los.

Er ahnte nicht, dass seine Mutter während dieser Zeit, während dreier endloser Jahre, zwei Dinge vollbracht hatte.

Zunächst einmal beantragte sie im Namen seines Vaters eine Opferentschädigung. Wenn jemand durch einen Überfall verletzt wurde, so wie sein Vater, bezahlte die Regierung einen bestimmten Geldbetrag, je nachdem, wie schwer die Verletzungen waren. Sein Vater erhielt zwar kein Vermögen, aber es war genug, um die Anzahlung für ein kleines, preiswertes Haus zu leisten.

Und sie schaute sich nach einem neuen Zuhause um. Einem Ort, fern der Stadt und fern aller Erinnerungen, die damit zusammenhingen. Einem Ort, an dem sie einen neuen Anfang wagen konnten. Sie hatte Elliot nichts davon gesagt. Sie hatte ihn überraschen wollen, nachdem alles geregelt war.

Und dann ...

Er schob die Erinnerung zur Seite.

Nichts davon spielte noch eine Rolle.

Sie fingen neu an. Sie alle.

Sein Herz machte einen kleinen Hüpfer, als die Glocke zur

ersten Stunde ertönte. Er hatte mit niemandem gesprochen und niemand hatte mit ihm gesprochen. *Nicht gut.* Nachdem er auf der Liste, die am Schwarzen Brett hing, herausgefunden hatte, in welcher Klasse er sich einfinden musste, ging er durch die Flure, wo die Schüler, die sich alle schon kannten, keine Notiz von ihm nahmen. *Gar nicht gut.* Als ihn sein Klassenlehrer als neuen Schüler vorstellte, warfen ihm ein paar Kids einen Blick zu und wandten sich dann gelangweilt ab. *Überhaupt nicht gut.*

Er versuchte positiv zu denken. *Wenigstens bin ich nicht unangenehm aufgefallen.*

Noch nicht.

Immer noch besser, gar nicht aufzufallen, als aus den falschen Gründen.

4

Anders als an Elliots alter Schule musste der Schulleiter in Holminster während der morgendlichen Versammlung nicht um Ruhe bitten. Sobald er in der Aula auf die Bühne trat, vor der die Klassen versammelt waren, erstarb jegliches Geräusch.

Der Schulleiter betrachtete die stillen, erwartungsvollen, ihm zugewandten Gesichter und lächelte. «Euch allen ein herzliches Willkommen. Ich hoffe, ihr hattet schöne Ferien. Und ein besonders warmes Willkommen für diejenigen, die neu zu uns gekommen sind. Ich bin mir sicher, dass dies ein gutes – nein, ein *großartiges* – Jahr für das Holminster Gymnasium werden wird, und ich bin mir ebenso sicher, dass jeder von euch das Potenzial besitzt, zu unserem Erfolg beizutragen …» Die Worte glitten aus seinem Mund, glatt und ohne Stocken, als ob jeder Satz bis zur Perfektion eingeübt worden wäre. «… zur Errichtung und Stärkung der Verbindung zwischen Schule und Gemeinde … um die glorreiche Geschichte unserer akademischen und sportlichen Erfolge fortzuführen … die Tradition unserer Schule, auf die wir alle so stolz sind …»

Elliot ließ die Worte über sich hinwegfließen und fragte sich, wann er sich seiner ersten Prüfung stellen musste.

Er wusste, dass er nicht lange würde warten müssen.

Die ersten Anzeichen von Ärger zeigten sich während der Frühstückspause.

Er war seit ein paar Minuten draußen und versuchte vergeblich, seinen Mut zusammenzunehmen, um jemanden anzusprechen und sich vorzustellen. Da sah er einen Jungen auf sich zukommen. Der Junge schien in seinem Alter zu sein, war aber etwas größer und kräftiger gebaut. Sein kurzes blondes Haar war glatt in die Stirn gebürstet, und seine scharfen Gesichtszüge wirkten freundlich und hinterlistig zugleich.

Dem kann man nicht trauen, dachte Elliot instinktiv. Zu oft hatte er diesen Gesichtsausdruck bereits bei Menschen gesehen, die sich den Anschein von Freundlichkeit gaben, um Vertrauen zu erwecken, bevor sie …

Er versuchte die Übelkeit zu ignorieren, die in seinem Magen hochstieg.

«Du bist neu hier, stimmt's?», fragte der Junge.

Elliot nickte. Unhöflichkeit würde ihm auch nicht weiterhelfen.

«Wie heißt du?»

«Elliot. Elliot Sutton.»

Der Junge hob die Augenbrauen. «Elliot? Elliot wie Ellie? Ist das nicht ein Mädchenname?» Seine Stimme war immer noch freundlich. Er lächelte in Elliots Augen.

Elliot riss sich zusammen und erwiderte das Lächeln. Damit hatte er gerechnet. Wenn er die Herausforderung annahm, konnte er sich genauso gut gleich die Kugel geben. «Elliot», sagte er fest. «Elliot wie Elliot.»

Ihre Augen trafen sich. Keiner von beiden warf den ersten Stein. Keiner von beiden zog sich zurück. Ein Teil von Elliot war überrascht, dass er es wagte, so für sich einzustehen. Ein anderer Teil dachte: *Wenn du das vermasselst, kannst du dich gleich begraben lassen. Du musst standfest sein. Entschlossen. Er darf nicht merken, dass du Angst hast.*

Plötzlich senkte der Junge seine Augen und streckte die Hand aus. Sein Lächeln wurde noch breiter, wenn das überhaupt möglich war. «Okay. Also Elliot. Nett, dich kennen zu lernen. Ich bin Oliver.»

Wie in Trance schüttelte Elliot ihm die Hand.

Das Läuten kündigte das Ende der Pause an.

«Wir sehen uns am Nachmittag, beim Training», sagte Oliver und schlenderte davon.

Elliot schluckte. Der Geschmack seines kleinen Sieges war bitter geworden. Der wirkliche Test wartete im Sportunterricht auf ihn.

Es kostete ihn eine ungeheure Willensanstrengung, die Schwelle zum Umkleideraum zu überschreiten. Alles kam ihm furchtbar vertraut vor. Alle Umkleideräume waren gleich: derselbe Mief von abgestandenem Schweiß, nasser Kleidung und Fußpuder. Der Boden unter seinen Füßen war feucht, wie immer, und wie immer schubsten sich Schüler spielerisch hin und her, spielten Fangen mit Fußballschuhen oder beschuldigten ihr Gegenüber, es habe Schweißfüße.

Er fand einen freien Platz auf der Bank und zog sich um, ohne irgendjemanden anzuschauen, als ob es ihm egal wäre, ob ihn die anderen beobachteten. Er wartete auf die ersten Spottrufe. *He, schau dir Elliot an. Da hat ja mein Hamster 'nen größeren Pimmel ... Bist du sicher, dass du im richtigen Umkleideraum bist? Die Mädchen sind gegenüber ...*

Er band die Schnürsenkel an seinen Turnschuhen zu einer Schleife. Überraschenderweise schienen die anderen mehr an dem Fußballschuh interessiert zu sein, der hin- und hergeworfen wurde, als an ihm.

Im Türrahmen erschien Mr. Phillips, der Sportlehrer. Alle gaben sich den Anschein, als seien sie voll und ganz mit dem Umziehen beschäftigt, und konzentrierten sich wortlos auf Knöpfe, Socken oder Schnürsenkel. Der Lehrer machte ein paar Schritte in den Raum. Er sah aus wie ein Ringer und warf einen überdimensionalen Schatten.

«Was zum Teufel soll der ganze Lärm?»

Die Jungen hielten ihre Köpfe gesenkt und vermieden es, Mr. Phillips in die Augen zu schauen.

«Na kommt schon! Ich konnte euch schon aus hundert Meter Entfernung hören. Ihr solltet bereits seit fünf Minuten draußen sein. Wenn ihr noch lange hier herumtrödelt, dürft ihr Runden rennen, anstatt Rugby zu spielen.»

Vielleicht ist heute mein Glückstag, dachte Elliot. Das Rennen hätte ihm Spaß gemacht. Körperliche Anstrengung machte ihm nichts aus, es war das Spiel, das er hasste. Zentnerschwere Kolosse, die ihn immer wieder anrempelten und sechsmal während eines einzigen Spiels mit voller Wucht auf ihn fielen – ganz offensichtlich mit Absicht –, und der Trainer, der zuschaute und nichts dagegen unternahm, dem es sogar insgeheim Vergnügen bereitete. Angebrüllt zu werden, weil man einen Fang verpatzt hatte, wenn sich der Ball – kalt und glitschig vom Winterschlamm – doch gar nicht halten ließ.

Oliver war bereits auf den Sportplatz gegangen, ohne das Wort an Elliot zu richten. Elliot trottete hinaus in das kalte

Sonnenlicht. Seine Brust war eng. Sein Herz hämmerte unruhig. Hier, an diesem Ort, waren all seine Schauspielkünste keinen Pfifferling wert.

Aber zu seiner großen Überraschung lief die Sache gar nicht schlecht. Er rannte genug über das Feld, um Mr. Phillips und die anderen Spieler davon zu überzeugen, dass er sich Mühe gab und keine Angst vor dem Ball hatte, obwohl er drei Sekunden, nachdem er ihn das erste und einzige Mal gefangen hatte, zu Boden gerissen wurde.

Jemand anderes hatte nicht so viel Glück: ein schlaksiger Junge mit einer Ansammlung von flammend roten Pickeln auf der Stirn und einer wund aussehenden Nase. Jeder zweite Pass wurde in seine Richtung geworfen. Fing er den Ball, wurde er sofort angegriffen, zu Boden gerissen, immer und immer wieder, bis sogar sein Gesicht braun vor Dreck war. Ein paar Mal beobachtete Elliot, wie versteckte Hände seinen Kopf zu Boden pressten, wobei sein Gegner darauf achtete, dass er ein ordentliches Schlammbad nahm. Wenn er den Ball nicht erwischte – was die Regel war –, erntete er verächtliche Blicke von seinen Mitspielern.

Als sie schließlich vom Feld gingen, hatte Elliots Mannschaft mit 16 : 24 verloren. Er sah, dass der Junge mit der wunden Nase langsam hinter den anderen herging.

In der Umkleidekabine schälte sich Elliot rasch aus seinem Trikot und eilte unter die Dusche. Er wollte so schnell wie möglich hier raus. Die ehrgeizigen Spieler seines Teams ärgerten sich über ihre Niederlage, und er hatte kein Verlangen, als Zielscheibe für ihren Frust zu dienen.

Unter dem kräftigen Wasserstrahl der warmen Dusche wusch er sich den Dreck und den Schweiß vom Körper.

«Gutes Spiel», sagte jemand neben ihm. Er erinnerte sich dunkel, den Jungen heute Morgen im Englischunterricht gesehen zu haben.

«Ja», stimmte Elliot mit falscher Begeisterung zu.

Plötzlich versperrte etwas den Eingang zum Duschraum. Elliot erkannte den Mannschaftskapitän, Stewart Masters, einen großen, bulligen Mittelstürmer, der aggressiv spielte und Angreifer allein mit einem leichten Armstoß abwehren konnte. Er trug immer noch seine Sporthosen, und seine Augen funkelten.

Bitte schau mich nicht an, betete Elliot. Er legte den Kopf nach hinten und ließ sich das Wasser übers Gesicht laufen, bemühte sich um eine unbeteiligte Körperhaltung. Seine Haut fühlte sich kalt an, obwohl das Wasser für seine Begriffe viel zu heiß war. Dampfwolken zogen durch den kleinen Raum.

Als er das nächste Mal hinsah, war Stewart weg.

Lieber Gott, vielen Dank. Elliot verließ die Dusche und ging wieder in die Umkleidekabine zurück, wo er sich abtrocknete.

«Hier ist er. Ich hab den kleinen Stinker erwischt.»

Im Raum wurde es still.

Elliot erstarrte. Aber die Aufmerksamkeit richtete sich nicht auf ihn. In der anderen Ecke der Umkleidekabine hatte Stewart Masters den Jungen mit der wunden Nase gepackt und hielt ihn an den Haaren fest.

Alle Anwesenden schienen sich in leblose Statuen verwandelt zu haben. Schweigende Erwartung lag in der Luft. Es war so, als hätte die Stille alles andere aus dem kleinen Raum vertrieben – den Geruch der Körper nach Schweiß und nach feuchten Kleidern und jegliches Geräusch. Das Prasseln der Dusche wurde ausgeblendet, ebenso wie der Atem der Jungen. Nichts mehr war da, was von dem ablenken konnte, was bevorstand.

In die Stille sagte Stewart ruhig: «Baker, du bist eine Rotzfahne. Was bist du?»

«Eine Rotzfahne.» Die Stimme klang gleichgültig und leblos.

«Lauter, Baker. Ich will, dass die gesamte Mannschaft dich hört.»

«Ich bin eine Rotzfahne.»

«Und du stinkst, weil du noch nie im Leben ein Bad genommen hast. Stimmt's?»

«Ich ... ich stinke, weil ich nie bade.»

«Du bist ekelhaft, Baker. Ich mache mir ja förmlich die Hände an dir dreckig.»

«Ich bin ekelhaft.»

«Habe ich dir erlaubt zu sprechen, du kleine, widerliche Made? Du Dreckhaufen? Hab ich das?»

Stewart ließ das Haar des Jungen los. Die Spannung im Raum blieb. Jeder wusste, dass dies nicht das Ende war. Elliot hielt sich an seinem Handtuch fest und bedeckte seinen Körper damit. Ein kalter Hauch ließ ihn erschauern. Er bekam eine Gänsehaut.

Stewart machte weiter: «Du bist dreckig, Baker. Zieh dich aus und geh unter die Dusche.»

Langsam entledigte sich der Junge seiner Kleider und legte sie sorgfältig auf die Holzbank hinter sich. Seine Haut schimmerte ungesund bläulich-bleich. Er sah aus wie ein Geist oder wie eine Leiche, die man durch eine übernatürliche Kraft wieder zum Leben erweckt hatte. Nackt durchquerte er den Umkleideraum und ging zu den Duschen.

Alles blieb still.

Stewart warf einen Blick in die Runde. «Ich brauche einen Freiwilligen, schnell, bevor Phillips reinkommt.» Er deutete auf Oliver. «Du. Du stellst dich an den Haupthahn.»

Offenbar wusste Oliver, was von ihm erwartet wurde, denn er ging wortlos zu dem Gewirr aus Leitungen und Rädchen an der Wand, mit denen der Druck und die Temperatur des Wassers eingestellt wurden. Er griff nach oben und drehte schnell eines der Räder im Uhrzeigersinn herum.

«Eine schöne kalte Dusche wird dir den Dreck abwaschen, Baker», rief Stewart. Er deutete auf zwei andere Jungen. «Ihr beide – ran an die Klamotten.»

Auch sie kannten das Spiel. Bakers Sporttasche und seine Kleider folgten ihm unter die Dusche.

Elliot fragte sich, wie oft sich das schon abgespielt hatte – mit Baker oder mit irgendjemand anderem als Opfer. Die ganze Prozedur machte den Eindruck, als ob sich hier durch viel Übung bereits eine Routine eingespielt hätte.

«Was zum Teufel ist hier los?»

Im Bruchteil einer Sekunde löste sich die Starre und machte einer hektischen Betriebsamkeit Platz.

Elliot zerrte wild an seiner Unterhose und seinem T-Shirt. Sein Herz raste.

Worüber machst du dir Sorgen?, zischte ihm eine kleine Stimme in seinem Kopf zu. *Du hast doch nichts angestellt.*

Der Trainer drehte den Wasserhahn an der Wand zu, und der Lärm aus der Dusche versiegte.

«Komm da raus.»

Baker betrat mit den Händen zwischen den Beinen die Umkleidekabine. Sein schmächtiger weißer Körper bebte.

«Warum bist du noch nicht angezogen?» In Mr. Phillips Stimme lag Ungeduld.

Ungeschickt machte der Junge wieder eine halbe Drehung in Richtung Dusche.

«Himmel noch mal!» Mr. Phillips Blick schweifte über die Gesichter und blieb an Stewart hängen. Elliot beobachtete, wie Stewart Phillips Augen standhielt. Er starrte den Trainer an, dreist und herausfordernd. Elliot erinnerte sich, Stewarts Namen in goldenen Lettern auf der Ehrentafel der Rugbyspieler gelesen zu haben. Auch Mr. Phillips schien diese Tatsache zu bedenken.

Er drehte sich wieder zu Baker um. «Hol einfach deine Klamotten und zieh dich an. Und beeil dich.» Er wandte sich den anderen im Raum zu. «Und der Rest von euch: Ihr habt drei Minuten oder ihr werdet alle eine kalte Dusche nehmen.»

Elliot band sich seine Krawatte, warf sein Jackett über und war draußen, bevor jemand Gelegenheit hatte, mit ihm zu sprechen.

Nur nicht auffallen. Aber er wusste, dass es nur eine Frage der Zeit war, bevor das geschah. Und dann würde er Baker unter der Dusche Gesellschaft leisten.

Nichts hat sich verändert. Nichts.

Ich war dumm genug, mir etwas vorzumachen.

5

Die zwei Wochen, die jenem ersten Tag folgten, waren zwei Wochen voll wachsender Angst und Verzweiflung.

Er trug die richtige Kleidung. Er hatte den richtigen Haarschnitt. Er saß im Klassenzimmer auf dem richtigen Platz – nicht zu weit vorn und nicht zu weit hinten. Aber er wusste, dass all das nicht genug war.

Die Jahre an seiner letzten Schule hatten ihn diese Lektion gelehrt. Wenn man versuchte, nicht aufzufallen, hatte man schon verloren. Es gab Schüler, die ihre Zeit damit verbrachten, andere Schüler aufzuspüren, die versuchten, sich unsichtbar zu machen. Er konnte nicht darauf hoffen, dass ihn niemand bemerken würde, also musste er dafür sorgen, dass er auf die richtige Art und Weise bemerkt wurde.

Na klar, Einstein. Der Kandidat erhält hundert Punkte für seine brillante Logik. Jetzt muss ich nur noch herausfinden, wie ich das anstelle.

Er hatte eine Theorie. Wenn man auf die richtige Art und Weise auffallen wollte, musste man gerade so weit abseits stehen, um noch in das Bild zu passen. Man musste Qualitäten zeigen, die andere in Staunen versetzten – *He, der Junge hat was drauf.* Das konnte Ausstrahlung sein oder Stärke, das Spiel auf der E-Gitarre oder Talent als Fußballspieler. Egal was. Alles, was einen so weit von den anderen abhob, dass man zu ihnen passte.

An seiner letzten Schule war ihm das nicht gelungen. Er hatte sich auf die falsche Art und Weise abgehoben. Er konnte es sich nicht leisten, dass ihm hier dasselbe passierte.

Aber er befand sich bereits im Nachteil: Er war in der neunten Klasse eingestiegen, noch dazu mitten im Schuljahr. Die meisten Freundschaften und Bündnisse waren bereits geschlossen worden.

Was er brauchte, war eine Gelegenheit. Er brauchte einen Augenblick, in dem die Leute hinschauten, ihn sahen und ihn auf die richtige Art und Weise bemerkten. Und er brauchte diesen Augenblick schnell, bevor sie hinschauten, ihn ansahen und auf die falsche Art und Weise bemerkten.

Jeden Tag studierte er das Schwarze Brett auf der Suche nach einem Club oder einer Gruppe, der er sich anschließen konnte. Nach einer Abkürzung zur Akzeptanz. Es gab eine ganze Reihe von Arbeitsgruppen, die neue Mitglieder suchten: Der Schachclub, die Diskussionsgruppe, der Chor, die Mathe-AG, die Theatergruppe ... Ein- oder zweimal hatte er schon fast den Kugelschreiber in der Hand, ließ ihn jedoch jedes Mal stecken. Wenn er sich einer dieser Gruppen anschloss, konnte das bedeuten, dass er schneller akzeptiert wurde. Es konnte aber ebenso gut heißen, dass er sich selbst brandmarkte – als Trottel und Loser.

Wenn du auf die falsche Art und Weise auffällst, bist du tot.

Fußball ... Rugby ... Tennis ... Neue Spieler gesucht ... An dieser Schule erhielten Schüler, die sich als gute Sportler erwiesen, offenbar den OK-Stempel, wenigstens von den Leuten, auf die es ankam. Aber immer wieder wich er mit Angstschweiß auf den Händen vor den Aushängen am Schwarzen Brett zurück. Er konnte es nicht. Er verabscheute

Sport, und noch dazu war er darin eine absolute Niete. Das Rugby-Training an den Montagnachmittagen bedeutete einen siebzig Minuten währenden Magenkrampf.

Wenn du auf die falsche Art und Weise auffällst, bist du tot.

Und dann, in der dritten Woche, erhielt er die rettende Chance. Ein Zettel am Schwarzen Brett besagte, dass die Schwimmmannschaft noch Jungen aus den Klassen 9 und darüber suchte.

Er war ein guter Schwimmer. Das konnte er mit gutem Gewissen von sich behaupten, ohne als Angeber zu gelten. Im Hallenbad in der Stadt hatte es ihm Spaß gemacht, seine Bahnen zu ziehen, während seine Freunde herumalberten und an der Wasserrutsche anstanden. Er hatte sich selbst beigebracht, dass man das Wasser durchschneiden musste, anstatt dagegen anzukämpfen, hatte seine Kondition aufgebaut und verschiedene Schwimmtechniken gelernt. Seine Freunde hatten ihn ausgelacht, aber das war ihm egal gewesen. Sie hatten keine Ahnung, was ihnen entging.

Er hatte Schwimmen nie als Sport betrachtet. Sport hatte mit Wettkampf zu tun, mit dem Kampf gegen andere, mit dem Wunsch, sie zu schlagen. Wenn er schwamm, fühlte er nichts dergleichen. Er befand sich in seiner eigenen Welt, einer Welt, in der nichts anderes existierte ...

Dies war die Chance, auf die er gewartet hatte.

Vielleicht meine einzige Chance.

Bitte, lass meine Theorie Realität werden. Und bitte, lass nicht zu, dass ich die Sache vermassele.

Die Auswahl für die Schwimmmannschaft fand am Donnerstag nach dem Unterricht statt. Er betrat das Hallenbad von Holminster und fühlte sich schwach und elend.

Die Umkleidekabine war überfüllt. Er bemerkte, wie ihn einige der anderen Jungen musterten, während er sich umzog, wie sie ihn kritisch beäugten und sich keine Mühe gaben, ihre Blicke zu verbergen – noch ein Grund, warum er Sport hasste. Er war sich überdeutlich seiner schmalen Gestalt und seiner schmächtigen Arme und Beine bewusst, obwohl er wusste, dass sein Körper nicht nur aus Haut und Knochen bestand, sondern auch aus durchtrainierten Muskeln. Jeder im Raum schien größer zu sein als er, und er bemerkte zwei Jungen, die sich offenbar im Gewichtheben übten. Er senkte die Augen und vermied jeden Blickkontakt.

Ein paar nicht besonders leise gesprochene Sätze flogen durch den Raum: «He, Spatzen haben hier keinen Zutritt. – Jemand sollte dem sagen, dass die Hungersnot in Afrika herrscht, und nicht hier.» Mit verkrampftem Magen verließ er den Umkleideraum und ging hinaus zum Schwimmbecken.

Er war einer der Ersten, die aufgerufen wurden. Einen schrecklichen Moment lang glaubte er, dass er sich übergeben müsste. Dann war das Gefühl verflogen. Er stand mit vier anderen Jungen im Kreis, während ein vierschrötiger Mann in einem Trainingsanzug ihnen Anweisungen gab: Startschuss, eintauchen, zwanzig Bahnen kraulen.

Elliot stellte sich in Position. Seine Zehen umklammerten den Rand des Beckens. Er fürchtete sich davor, irgendwo anders hinzuschauen als in das Wasser vor ihm.

Meine einzige Chance.

Er zog die Taucherbrille über seine Augen und schob sie

hin und her, damit sie richtig saß. Atmete tief ein, schmeckte das vertraute, saubere Aroma von Chlor. Jeder Muskel war angespannt. Er wartete auf den Startschuss. Den Schwimmern neben ihm ging es bestimmt genauso, aber er nahm sie kaum wahr. Sie spielten keine Rolle mehr. Die einzige wahrhaftige Realität – die einzige Realität, die zählte – waren sein Körper und das Wasser unter ihm.

Plötzlich fiel alle Nervosität von ihm ab.

Ich kann es schaffen.

Er hörte den Schuss. Dann ...

... durchstieß er die Wasseroberfläche. Tauchte hinab, aber nicht zu weit.

Stieg auf. Schnappte nach Luft.

Er durchschnitt das Wasser. Schnell und sauber. Alle seine Körperteile kommunizierten miteinander in einer stummen Sprache, die er niemandem erklären konnte, der nicht begriff, was er in diesem Moment fühlte.

Eins, zwei, drei ... acht ... fünfzehn ... zwanzig.

Er berührte den Beckenrand. Stoppte.

Sein Herz raste. Überschlug sich.

Wurde langsamer.

Er zog sich am Beckenrand hoch – und hörte, wie über Lautsprecher erklärt wurde, dass Elliot Sutton dieses Rennen als Sieger beendet hatte. Dann bat der Sprecher die nächsten fünf Schwimmer, ihre Positionen einzunehmen.

Am Ende des Nachmittags war Elliot der Drittschnellste von allen, was bedeutete, dass ihm ein Platz in der Schwimmmannschaft des Holminster Gymnasiums sicher war. So einfach war das. Er schüttelte dem vierschrötigen Mann im Trainingsanzug, der sich als Schwimmtrainer herausstellte, die Hand und ließ sich dann bei einem festen Händedruck von jemandem die Finger quetschen, der offensichtlich der Mannschaftskapitän war. In der Umkleidekabine nahm man nunmehr mit freundlichem Nicken und bewundernden Blicken von ihm Notiz.

Ich hab's geschafft. Ich bin auf die richtige Art und Weise aufgefallen.

Er hätte losheulen können vor lauter Erleichterung und Glück, und er hatte fast Angst, auf die Glückwünsche zu antworten, weil er fürchtete, diesen Augenblick zu zerstören.

Als er ging, sagte jemand beiläufig: «Bis nächste Woche.» Er hätte genau dasselbe zu jedem anderen der Bewerber sagen können, aber das spielte keine Rolle. Das Wichtige, die Sache, die der Welt eine neue Farbe verlieh, war, dass er es zu Elliot gesagt hatte.

Elliot schwebte auf einer rosaroten Wolke nach Hause und wiederholte im Stillen immer wieder dieselben Worte: *Bis nächste Woche … Bis nächste Woche …* Es war unglaublich. Er hatte es geschafft. Er war auf die richtige Art und Weise aufgefallen.

Von nun an würde alles anders werden. Er wusste es genau.

Nie mehr ‹vielleicht›.

Es war nicht so, dass er nun plötzlich berühmt gewesen wäre. Keine Menschenmenge umringte ihn oder jubelte ihm zu, wenn er den Flur entlangging. Niemand bat ihn, irgendeinem anderen Team oder Club beizutreten, und er besaß auch nicht über Nacht hundert «beste Freunde».

Aber man hatte ihn bemerkt. Auf die richtige Art und Weise.

Er war nicht länger der Typ, der sich nervös umschaute, weil er Angst hatte, dass er auffallen könnte. Nicht länger der Feigling, der innerlich zusammenzuckte, wenn sein Blick den eines anderen traf. Wenn irgendjemand Notiz von ihm nahm, dann schienen Wohlwollen und Freundlichkeit dahinterzustecken – oder zumindest keine bösen Hintergedanken. Ein Nicken. Ein kurzes Lächeln. Ein Schritt zurück, um ihn vorbeizulassen. Jemand, den er nicht kannte, lud ihn zum Bowling ein und stellte ihn ein paar Mädchen aus seiner Klassenstufe vor – aber die waren so betrunken, dass sie kaum noch etwas wahrnahmen.

Und er hatte in der Schwimmmannschaft einen Platz, wo er hingehörte, wo man ihn genauso wie die anderen Teammitglieder akzeptierte. Dreimal pro Woche fand das Training statt, jeweils vor dem Unterricht, und es machte ihm Freude, früh aufzustehen. Wortlos ertrug er die wütenden und demütigenden Anfeuerungsrufe des Trainers, im Austausch für das unbeschwerte und freundliche Gerangel in der Umkleidekabine und den gemeinschaftlichen Weg zur Schule.

Nur eine Sache warf ihren Schatten auf Elliots Glück.

Es war am Morgen nach der Schwimmauswahl geschehen. Elliot hatte kaum das Schulgelände betreten, als Oliver, der seit jenem ersten Tag nicht mehr mit ihm gesprochen hatte, auf ihn zukam, ihm seine ausgestreckte Hand anbot und sagte: «Hab's schon gehört, das mit der Schwimmmannschaft. Gut gemacht.»

«Danke.» Elliot blieb vorsichtig. Er hütete sich davor, zu viel Begeisterung zu zeigen. Vielleicht war Oliver einer von diesen verzweifelten Typen, die sich an alle möglichen Leute hängten, die beliebt waren. Dann konnte er mit ihnen angeben, sich in ihrem Schatten sonnen und so tun, als ob jeder ihn mochte. Allerdings machte Oliver nicht den Eindruck eines Verzweifelten. Er strahlte Gleichmut und Selbstbewusstsein aus und wirkte so, als ob es ihm völlig egal war, ob Elliot ihn mochte oder nicht.

Und wenn schon, dachte Elliot.

Es folgte ein Schweigen, das Oliver offenbar nicht mit Worten füllen wollte. Elliot überlegte krampfhaft, was er sagen konnte. Dann, bevor ihm etwas einfiel, sagte Oliver abrupt: «Du hast ein Problem.»

«Was meinst du damit?» In Elliots Kopf schrillten die Alarmglocken, und er machte sich auf Ärger gefasst. Zu oft war er schon überrumpelt worden. *Zuerst ein Lächeln und dann ...*

«Du hast ein Problem, weil du von nichts eine Ahnung hast.»

Der Ton, in dem diese Aussage gesprochen wurde, war sachlich und nüchtern. Elliot war verwirrt. Er wusste nicht, was er erwidern sollte. Seine Brust verengte sich.

Oliver lächelte. «Keiner, der neu in Holminster ist, weiß, was los ist. Wenn du einer von den weniger Glücklichen bist, findest du es auf die harte Tour heraus – bevor jemand dich aufklärt. Aber weil ich dich mag, werde ich dir rechtzeitig verraten, wie die Dinge hier laufen. Betrachte mich einfach als deinen hilfreichen Führer.»

Seine Stimme klang immer noch freundlich, aber Elliot hörte einen neuen Unterton darin, eindeutig spürbar und doch undefinierbar. Er wurde nervös. Die leise Stimme, die er bereits im Umkleideraum vernommen hatte, flüsterte: *Pass auf, was du sagst.*

Oliver schaute sich auf dem Schulhof um und ließ Elliot deutlich erkennen, dass er nicht belauscht oder beobachtet werden wollte. Offensichtlich zufrieden gestellt, wandte er sich wieder Elliot zu.

«Ich möchte dir etwas über die Wächter erzählen.»

Elliot merkte, wie sich sein Puls beschleunigte, obwohl ihm der Begriff nichts sagte. «Warum sollten mich diese ... Wächter interessieren?»

Langsam schüttelte Oliver den Kopf. Er lächelte immer noch. «Es spielt keine Rolle, ob *du* an ihnen interessiert bist. Wichtig ist nur, dass die *Wächter* an dir interessiert sind und dich aufklären wollen. Um deiner eigenen ... Sicherheit willen.»

Elliot kämpfte gegen die aufsteigende Übelkeit an. Er ahnte, was Oliver damit sagen wollte. «Die Wächter sind also die hiesige Schlägertruppe – ist es das, was du meinst?»

Oliver lachte. «Nein, das glaube ich nicht. Die Wächter sind keine ... Schläger. Du musst sie dir als ... Organisation vorstellen. Die Wächter *kontrollieren* die Schläger, ich glaube allerdings nicht, dass sie den Ausdruck ‹Schläger› besonders mögen. Die Wächter ... organisieren Dinge.

Okay, ich will deutlicher werden: Im Klassenzimmer haben die Lehrer das Sagen, aber draußen besitzen sie keine Macht. Überhaupt keine. Verstehst du? Denn hier draußen ist das Reich der Wächter. Hier draußen passiert, was die Wächter sagen. Wenn jemand Prügel bezieht, dann nur, weil die Wächter es so wollen. Sie treffen die Auswahl, wer bestraft wird, und sie bestimmen auch, wer die Bestrafung übernimmt. Manchmal wählen sie auch nur denjenigen aus, der bestraft werden soll, und lassen der Natur ihren Lauf. Du weißt, was ich meine.»

Wächter ... Bestrafung ... Auswahl. Hochgestochene Bezeichnungen für vertraute, hässliche Dinge: Schlägertypen, Gewalt, Einschüchterung.

«Hab ein Auge auf das Schwarze Brett. Dort wird die jeweilige Auswahl bekannt gegeben. Die Bestrafungen, bei denen deine Anwesenheit erwünscht ist. Achte auf einen kleinen gelben Zettel.»

Elliot glaubte, dass sein Gegenüber eine Reaktion von ihm erwartete. Er bemühte sich, seine Stimme ruhig klingen zu lassen. Oliver sollte glauben, dass er weder beunruhigt noch beeindruckt war. «Hört sich ganz raffiniert an. Aber ganz so einfach ist das wohl doch nicht, oder? Ich meine, was ist, wenn jemand einfach einen anderen verprügeln will, ohne die Wächter vorher zu fragen?»

«So funktioniert das hier nicht», sagte Oliver schlicht. «Wir sind nicht wie die meisten Schulen. Das wirst du schon bald erkennen.»

Wieder empfand Elliot Olivers Worte zwar nicht als direkte Bedrohung, war aber durch jenen undefinierbaren Unterton beunruhigt.

Es läutete. Oliver achtete nicht darauf.

«Eins musst du dir merken. Wenn die Wächter einen Schüler auswählen, hat es dieser Schüler darauf angelegt, ausgewählt zu werden. Man wird nicht willkürlich und ohne Grund herausgepickt. Wie ich schon sagte – Holminster ist nicht wie die meisten Schulen.»

Elliot dachte an den Jungen mit der wunden Nase – wie

hieß er doch gleich? Baker? – in der Umkleidekabine. Es gab wohl Leute, die behaupteten, dass es solche Typen immer auf Ärger anlegten ... Aber diese Leute hatten Unrecht. Diese Beschreibung traf nicht den Punkt.

Darauf anlegen ... das war der falsche Ausdruck. Es war mehr wie ... *darauf warten*.

Es gab Menschen, die *warteten* auf Ärger. Man bemerkte sie nicht, weil sie etwas sagten oder nicht sagten. Sie fielen auf, weil sie nicht vorgaben, etwas anderes zu sein als das, was sie waren. Sie machten immer den Eindruck, Loser zu sein, Opfer, leichte Beute. Sie *warteten* darauf, dass die Natur ihren Lauf nahm.

Elliot konnte ein Lied davon singen, denn er wusste genau, wie er ausgesehen und sich benommen hatte. Sein Gesicht, seine Körpersprache, alles an ihm hatte signalisiert: *Ich warte. Kommt und holt mich.*

Danach hielten die anderen Ausschau.

Innerlich erschauerte er.

Oliver hatte sich immer noch nicht gerührt. Die anderen Schüler waren bereits hineingegangen.

Elliot wollte weg von Oliver, aber er wagte es nicht, seine Angst zu zeigen, was er mit einem Rückzug unweigerlich tun würde.

Stattdessen fragte er: «Und haben die Wächter auch Namen? Auf wen muss ich achten?»

Oliver schaute ihn scharf an. «Warum ist das so wichtig? Wenn ich du wäre, würde ich einfach dafür sorgen, dass du den Wächtern niemals einen Grund gibst, sich für *deinen* Namen zu interessieren. Kapiert?» Er drehte sich um und ging davon.

Keine Drohung – eine Warnung. Elliot wusste plötzlich, was der Unterton in Olivers freundlicher Stimme, der Ausdruck hinter seinen freundlichen Augen bedeutet hatte – die ganze Zeit lang: eine Warnung. Oliver wusste mehr, wahrscheinlich viel mehr, als er zugab. Möglicherweise war er sogar einer dieser Wächter, von denen er geredet hatte. Und er wollte, dass Elliot das wusste.

Warum? Wollte er damit angeben? Oder hatte er etwas anderes im Sinn – eine düstere, codierte Nachricht? Vielleicht war dies seine Art zu sagen: *Mich hältst du nicht zum Narren. Wie sehr du dich auch bemühst, jemand anderer zu sein, ich werde immer wissen, wer du wirklich bist.*

Elliot merkte, dass er zitterte.

Ich bin hier nicht sicher. Weder hier noch sonst irgendwo.

Nach ein paar Wochen war Olivers Warnung in Elliots Gedanken verblasst.

Wenn die Wächter existierten, machten sie ein solches Geheimnis daraus, dass es so schien, als seien sie unsichtbar. Elliot kannte niemanden gut genug, um ihn auf die Wächter anzusprechen, aber er hatte Augen und Ohren offen gehalten und auf ein Zwinkern oder ein geflüstertes Wort gewartet. Nichts. Niemand hatte sie erwähnt. Kein gelber Zettel hatte am Schwarzen Brett geklebt.

Er fing an zu glauben, dass Oliver diese ganze Sache um die Wächter nur erfunden hatte. Vielleicht machte er das mit allen neuen Schülern – tat so, als sei er eine Art Gangster, um sie zu beeindrucken. All das Gerede über Bestrafungen und Auswahl hörte sich tatsächlich so an, als stammte es aus einem Film. Er hatte mehrmals versucht, mit Oliver zu reden, aber jedes Mal, wenn sie sich begegneten, erklärte Oliver, dass er irgendwo hinmüsste: «Hab's eilig. – Wir seh'n uns. – Vielleicht morgen?»

Elliot fühlte, dass er leichter atmen konnte, dass er sich umschauen und zuhören konnte, ohne in Panik auszubrechen. Seine Theorie hatte sich als korrekt erwiesen. Wenn man auf die richtige Art und Weise auffiel, war alles gut. Niemand im Holminster Gymnasium hatte es auf ihn abgesehen.

Sie machten Jagd auf andere.

Auf den Jungen mit der wunden Nase.

Auf einen Schüler, der stotterte.

Auf einen anderen, dessen Frisur so aussah, als ließe er sich von seiner Mutter die Haare schneiden.

Auf zwei von Elliots Klassenkameraden, die in den Pausen immer zusammen waren.

Auf fette Kinder.

Auf kleine Kinder.

Zunächst war es Elliot gar nicht aufgefallen, aber mittlerweile hatte er ein Auge dafür bekommen.

Auf dem Schulhof. Kleine Gruppen von Jungen, die auseinandergingen und eine Gestalt auf dem Boden zurückließen, flach ausgestreckt oder zusammengekrümmt oder auf den Knien hockend, die hilflos eine verletzte Hand hielt, ein Bein, einen Arm, oder den schmerzenden Magen oder den Unterleib.

In den Fluren. In den Klassenzimmern. Mit flüchtigen Bewegungen bohrten sich harte Fäuste, Füße und Ellenbogen in weiches Fleisch und verursachten leise Schmerzenslaute, die schnell erstickt wurden.

Subtile Gewalt.

Aber sie sind nicht hinter mir her. Ich bin auf die richtige Art und Weise aufgefallen.

Zum ersten Mal seit drei Jahren erschien es möglich, dass es eine Zeit geben konnte, in der er keine Angst zu haben brauchte.

Und zum ersten Mal hielt er sich fast lieber in der Schule auf als zu Hause. Seine Mutter war ständig müde – zu müde, um mit ihm zu reden. Alles, was sie für Elliot übrig hatte, war ein gequältes Lächeln. Ihre Mahlzeiten nahmen sie schweigend ein.

Ein paar Mal wachte er frühmorgens auf und hörte seine Mutter unten weinen. Er versuchte seine Ohren gegen dieses Geräusch zu verschließen. Er glaubte, dass sie einfach in Ruhe gelassen werden wollte, jedenfalls vermittelte sie die meiste Zeit diesen Eindruck.

Er fing an, sein Zuhause zu hassen.

Als er am Morgen nach den Ferien zum zweiten Halbjahr in die Schule zurückkehrte und jemandem zunickte, den er kannte, hatte er keinen Grund anzunehmen, dass sich irgendetwas ändern würde.

Und plötzlich wurde alles anders.

6

Jemand packte ihn am Arm.

Es war Oliver. Er war aufgeregt, sein Gesicht war gerötet. Er zerrte an Elliot wie ein ungeduldiges Kind. «Mach schon. Wir kommen sonst zu spät.»

«Wovon redest du?» Widerwillig lief Elliot schneller. «Zu spät wozu?»

Oliver deutete nach vorn. «Dazu. Zur Bestrafung.»

Elliots Blick folgte Olivers Zeigefinger. Er sah eine Gruppe von Schülern, die den Außentoiletten zustrebten. Instinktiv schaute er sich um, ob ein Lehrer den kleinen Tumult bemerkt hatte und sich ihnen näherte. Aber er konnte keine Aufsicht entdecken. An seiner alten Schule war ein Witz kursiert: Warum sind Lehrer wie Busse? Weil nie einer da ist, wenn man ihn braucht, und dann tauchen gleich drei auf einmal auf.

«Komm schon!», drängte Oliver.

Elliot rannte los mit dem seltsamen und beunruhigenden Gefühl in der Magengrube, dass etwas Schreckliches passieren würde. Er hatte nicht den Wunsch herauszufinden, was das war, aber eine Weigerung oder selbst ein Zögern in Olivers Gegenwart konnte fatale Folgen für ihn haben.

Mindestens dreißig Jungen quetschten sich in das kleine Gebäude. Oliver bahnte sich rücksichtslos seinen Weg und zog Elliot hinter sich her. Niemand protestierte.

Mit einem Mal stand er am Rand eines Halbkreises vor den Toilettenkabinen. Die Menge stieß ihn in den Rücken, gierig und ungeduldig. Die Erregung machte sich in einem brüllenden Lärm Luft, der durch die Enge ohrenbetäubend war.

Elliots Magen rebellierte. Er hatte Mühe zu atmen, denn die Luft war schwer und klebrig, überhitzt durch die Masse der Körper. Doch es lag nicht nur daran. Der Geruch von Urin und ätzenden Desinfektionsmitteln rief unerwünschte Erinnerungen in ihm wach. Er wusste, was geschehen würde. Er musste raus hier.

Er schob sich nach hinten, der Menge entgegen, doch die Jungen bildeten eine unbewegliche und undurchdringliche Mauer. Er saß in der Falle. Er spürte, wie seine Erinnerungen, seine Vergangenheit, an die Oberfläche drängten, bereit auszubrechen und zuzuschlagen.

Und dann, als ob jemand einen Schalter umgelegt hätte, erstarb der Lärm.

Stille.

«Wir kommen», sagte eine Stimme.

Die Menge teilte sich und ließ drei Personen in den Halbkreis treten. Elliot kannte einen der Jungen vom Rugbytraining, aber er konnte sich nicht an seinen Namen erinnern – einer von den Riesen, die wütend wurden, wenn sie ein Spiel verloren. Der andere sah etwas älter aus, mit kurzen braunen Haaren, die wie Stacheln von seinem Kopf abstanden.

In ihrer Mitte führten sie einen dritten Jungen, den sie an den Armen gepackt hielten. Neben den beiden wirkte der Junge lächerlich klein, wie eine Lumpenpuppe, die in der Wäsche eingegangen war. Seine Schuluniform war makellos: das Hemd blütenweiß, der Schlips perfekt gebunden, messerscharfe Bügelfalten an den Hosenbeinen. Er schaute stur geradeaus. Ein paar Mal blinzelte er. Sein schmales Gesicht war käsebleich.

Elliot wusste genau, dass der Junge mit allen Mitteln seine Angst zu verbergen suchte.

Die Menge wartete schweigend.

Der Junge, den Elliot kannte, schaute sich im Publikum um, lächelte und strich sich übers Kinn.

Das macht er mit Absicht, dachte Elliot. Sein Magen bäumte sich gegen seine Rippen auf. *Er spielt mit der Menge, steigert noch die Spannung.* Elliot schluckte seine Furcht hinunter. Um Gottes willen, lasst uns das hinter uns bringen.

Ohne Vorwarnung drehte sich der zweite Junge um und trat gegen die Tür der mittleren Toilettenkabine, sodass sie aufflog und mit einem Knall gegen die Trennwand schlug. Der Aufprall ließ den ganzen Raum erzittern. Dann drehte er sich wieder um und deutete auf jemanden rechts neben Elliot. «Du übernimmst sein Jackett», sagte er. Dann zeigte er auf einen anderen Jungen. «Und du schnappst dir die Hosen.»

Elliot wollte nicht hinschauen, aber er musste es tun. Und während er schaute, konnte er die Vergangenheit nicht länger zurückhalten. Sie machte sich frei und hämmerte auf ihn ein, wieder und wieder, schlug ihn und riss ihn entzwei. Bis er nicht mehr unterscheiden konnte zwischen dem, was heute passierte und was damals war …

… Ein Mob aus brutalen Händen zerrte seine Hosen herunter und wickelte sie um seine Waden, damit er nicht mehr um sich treten konnte. Dann wurde ihm das Jackett bis zu den Ellenbogen herabgerissen, um zu verhindern, dass er seine

Arme benutzte, um sich zu wehren. Er war hilflos … unfähig, Widerstand zu leisten.

Sie stießen ihn in die Toilette. *Hier rein … Ertränkt die kleine Ratte … Schreien soll er, schreien …*

Hände auf seinem Nacken. Sein Kopf, der nach vorne in die verdreckte weiße Kloschüssel gedrückt wurde. Der Gestank von Desinfektionsmitteln und Urin, der mit einem Mal unerträglich wurde und in seiner Nase und seinem Hals ätzte. Die Kälte der Keramikoberfläche, gegen die sein Gesicht prallte.

Dann das Gurgeln und Plätschern – das Zeichen dafür, dass das Wasser kam. Es brodelte herauf, zwängte sich in seine Nase, seine Augen, seine Ohren. *Kann nicht atmen.* Schlucken, würgen, ersticken. Der Gestank, der Geschmack, die schiere Wucht des Wassers.

Er wurde nach oben geholt, um Luft zu schnappen, hochgezerrt an seinen Haaren. Seine Folterknechte wollten vermeiden, sich schmutzig oder nass zu machen. Tief einatmen. Dann wieder nach unten, tiefer und tiefer, einmal, zweimal – manchmal sechsmal, je nachdem, wie gelangweilt oder wütend sie waren.

Er hasste und verabscheute sich, weil er es geschehen ließ.

Er hasste und verabscheute sich, weil er zuließ, dass es jemand anderem geschah.

Er spannte sein Inneres an, bis er kaum noch Luft bekam, damit sein Schrecken, seine Angst, sein Ekel und sein Selbstmitleid nicht die Oberfläche durchbrechen konnten. Seine Fäuste ballten sich fester und fester zusammen, bis seine Fingerknöchel brannten und seine Nägel sich tief in die Handballen bohrten.

Aufhören. Aufhören. Hört doch auf. Aufhören.

Sechsmal wurde die Toilettenspülung betätigt, bevor die Menge das Interesse verlor und sich zu zerstreuen begann.

Oliver war mit der Masse verschwunden. Elliot zwang sich zurückzubleiben und wartete, bis die Körper um ihn herum von ihm abglitten. Er konnte einfach nicht weggehen. Was, wenn der Junge verletzt war? Er konnte nicht ...

Der andere Teil von ihm schrie: *Raus hier! Was glaubst du, dass du tun kannst? Du verdirbst noch alles!*

Aber die anderen waren gegangen. Es war niemand da, der ihn sah, niemand der sich um ihn scherte. Einschließlich des Jungen, den man «bestraft» hatte.

Er bemerkte eine kleine schwarze Dose, die auf dem Boden der mittleren Toilettenkabine lag. Er hob sie auf. Im Innern befand sich eine Filmrolle. Jemand musste sie fallen gelassen haben. Es war schwer, sich einen der beiden Schläger, die die Bestrafung vorgenommen hatten, als Fotografen vorzustellen – was bedeutete, dass der Film dem schmächtigen Jungen gehörte.

Elliot wollte nichts mehr damit zu tun haben, aber er brachte es nicht über sich, die Dose einfach in den Müll zu werfen. Möglicherweise befand sich etwas Wichtiges auf dem Film. Und selbst wenn nicht – er wurde das Gefühl nicht los, dass es irgendwie ... *falsch* war, ihn zu zerstören. Er ließ die Dose in seine Jackentasche gleiten.

Draußen schaute er hinauf zu den leeren Fenstern, die eine Aussicht auf die Außentoiletten hatten. Erstaunt stellte er fest, dass sie zum Lehrerzimmer gehörten. Wie war es möglich, dass kein einziger Lehrer bemerkt hatte, was hier geschehen war? In der Pause war der Raum doch voll von Lehrern.

Entweder waren sie blind oder unglaublich unaufmerksam oder ...

Oder sie hatten Angst. Oder es war ihnen einfach egal. Genauso wie an seiner alten Schule. Sie saßen da oben in Sicherheit, in ihrem gemütlichen Zimmer, in dem es nach Zigarettenrauch und billigem Kaffee stank. Hier hing zwar kein dämliches Schild an der Tür, auf dem in großen roten Buchstaben stand: «Draußen bleiben, außer im Notfall oder wenn jemand im Lotto gewonnen hat!», aber ansonsten war es genau dasselbe. Holminster bestand zwar äußerlich aus getöntem Glas und Eichenholztäfelung, seine alte Schule dagegen aus rissigem Beton und zerbeultem Plastik – aber im Innern waren sie völlig identisch.

Es gab kein Entkommen. Kein Entkommen – niemals.

Die Nacht war still. Elliot lag im Bett und konnte nicht schlafen.

Bilder und Gesprächsfetzen wirbelten in seinem Kopf herum. Der Junge in der Toilette, sein Kopf, der unter Wasser gezwungen wurde, wieder und wieder, während jemand die Toilettenspülung betätigte. *Niemand wird ohne Grund ausgewählt.* Olivers Gesicht, seine Augen, glänzend vor Erregung. Sein eigener Atem, rasselnd vor Furcht. Schweißperlen auf seiner Oberlippe. Lärm. Hitze.

Kann nicht atmen.

Er drehte sich auf den Rücken und versuchte es sich bequem zu machen.

Er starrte an die Decke. Gelegentlich, wenn ein Auto vorbeifuhr, malten die Scheinwerfer ein Muster aus hellen Wirbeln und Schatten an die Decke. Ansonsten war sie leer. Nicht wie in seinem alten Zimmer, in der Wohnung, wo sich eine Blüte aus feuchtem Schimmel von einer Ecke der Zimmerdecke bis in die andere ausgebreitet hatte und die Oberfläche in eine komplizierte Struktur aus Schwarz und schmutzigem Grün verwandelte. Elliot hatte sich angewöhnt, ihr Wachstum zu beobachten. Er wartete auf die Autoscheinwerfer und verglich dann die Größe des Schimmelflecks mit der von letzter Nacht. Manchmal lag er stundenlang wach und lauschte angestrengt auf jedes herannahende Motorengeräusch, damit er keinen Lichtstrahl verpasste.

Doch oft war er aus anderen Gründen wach geblieben. Abgesehen von den Motoren waren noch andere Geräusche zu hören: die lallenden Schreie Betrunkener, gebrüllte Obszönitäten – manchmal weit entfernt, manchmal so nah, dass er glaubte, sie würden direkt unter seinem Fenster stehen. Und das Klirren von brechendem Glas verschiedener Art. Es dauerte eine Weile, bis er heraushören konnte, ob Flaschen, Scheinwerfer oder Fensterscheiben zu Bruch gegangen waren.

Er lag da und lauschte. In seinen Gedanken formten sich Bilder, die ihn oft zweifeln ließen, ob es sicher war einzuschlafen. An der Eingangstür zur Wohnung waren drei Riegel angebracht – obwohl das gegen die Brandschutzverordnung verstieß –, und die Hauseingangstür wurde durch zwei Schlösser gesichert. Aber die Fenster waren einladende Ziele, zerbrechlich, ohne Schutz gegen was immer da draußen im Dunkeln lauerte.

Nein … Das war damals. Nicht heute.

Er lauschte. Die Nacht war ruhig, wie jede Nacht hier, sogar samstags und sonntags. Aber es war trotzdem schwierig, Schlaf zu finden. Die Stille war beunruhigend, als ob sie auf etwas wartete, etwas, das plötzlich in einem Ausbruch von Lärm und Gewalt explodieren würde. Und ohne ein Geräusch, auf das er sich konzentrieren konnte, war es ihm unmöglich, die Erinnerung an die heutigen Ereignisse aus seinem Kopf zu verbannen. *Schnapp dir seine Hosen. Tauch ihn unter. Ertränk die kleine Ratte.*

Nein... Auch das war damals. Vorher. Nicht heute. Er öffnete weit die Augen und versuchte die Bilder auszulöschen.

Ich konnte nichts tun. Ich durfte mich auf keinen Fall einmischen.

Es war heiß im Bett. Er bekam Platzangst. Sein Körper juckte und die Bettdecke brannte auf seiner Haut. Er warf sie von sich und fühlte einige Minuten lang Erleichterung. Er schloss die Augen, aber sofort kehrten die Bilder und Klänge des Tages zurück. Aber diesmal war es nicht er, der zusah. Er war nicht länger Beobachter ...

Er blinzelte, um das heiße Schamgefühl zurückzuhalten, dachte an den Gestank und die unerträgliche Demütigung, die er empfunden hatte. Er dachte daran, wie sie schließlich von ihm abgelassen hatten, wie er sich auf den Boden übergeben hatte unter dem leiser werdenden Gelächter der anderen. Heute hatte er sich gefühlt, als ob er das alles noch einmal erleben würde. Obwohl er nur Zuschauer war.

Er schämte sich, dass er zugesehen hatte. Er schämte sich, dass er lediglich unnützes Mitleid für das Opfer empfunden hatte. Aber am meisten schämte er sich, dass er einzig und allein daran dachte: *Wenn es schon passieren muss, dann wenigstens nicht mir.*

Er wusste, dass er um sich selbst weinte, um niemanden sonst.

7

Alle paar Tage tauchte ein neuer gelber Zettel am Schwarzen Brett auf. Es schien so, als ob die erste Bestrafung das Signal gewesen war, den Waffenstillstand zu beenden. Die Zeit, in der die Feindseligkeiten sozusagen auf Eis gelegen hatten, war vorbei. Manchmal fragte sich Elliot, warum eine derartige Ruhephase überhaupt stattgefunden hatte, aber die meiste Zeit mochte er überhaupt nicht darüber nachdenken – über gar nichts, was damit zu tun hatte.

Sah er einen neuen Namen am Schwarzen Brett hängen, verzog er sich in den Pausen in die Bibliothek und hoffte, dass Oliver nicht nach ihm suchen würde. Ein paar Mal schaute er nach draußen und sah eine Gruppe von Schülern zu den Toiletten rennen, manchmal auch zum Cricket-Klubhaus oder zum Häuschen des Sportplatzwartes. Jedes Mal verschloss er sein Inneres vor dem, was da draußen passierte.

Er wünschte, er hätte dasselbe auch an den Montagnachmittagen tun können – seinen Geist, seine Augen und Ohren verschließen. Seit er Zeuge der «Bestrafung» in der Außentoilette geworden war, empfand er das wöchentliche Ritual nach dem Rugbytraining als unerträglich. Es war ihm nicht mehr möglich, es auszublenden.

Egal, welche Mannschaft das Spiel verlor, das Ergebnis für den Jungen mit der wunden Nase war jedes Mal dasselbe: die geflüsterten Beleidigungen, dann die eiskalte Dusche und die durchnässte Kleidung. Aber es war nicht nur die Tatsache, dass es passierte – das Schlimmste daran war das allgemeine Gefühl des Unvermeidlichen. Jeder rechnete damit, dass es geschehen würde. Jeder wartete darauf. Und wenn es geschah, gab es niemanden, der die Routine unterbrach. Niemand protestierte. Niemand sagte ein Wort. Einige der Jungen schauten ungeniert zu. Andere konzentrierten sich scheinbar darauf, sich umzuziehen, aber meistens verfolgten auch sie verstohlen die Prozedur. Einige wenige machten keinen Hehl daraus, dass ihnen die Sache Vergnügen bereitete, aber es war unmöglich zu sagen, was die Mehrzahl von ihnen dachte.

Elliot versuchte immer, nicht hinzuschauen, hielt seine Augen stur auf seine Kleidung gerichtet und zog sich so schnell es ging um. Er hoffte, dass niemand *ihn* beobachtete. Er fürchtete sich vor dem Tag, an dem man ihn zur Pflicht rufen und auffordern würde, den Wasserhahn zu bedienen oder die Kleidungsstücke in die Dusche zu werfen. Er hatte keine Ahnung, was er dann tun würde. Aber wofür er sich auch entschied, es gab kein Entkommen für ihn. Was immer man tat, man war und blieb ein Teil des Ganzen. Es war unmöglich, sich auszugrenzen, wenn man Augenzeuge war.

Und das traf selbst dann zu, wenn er nicht direkt dabei war, wenn er sich auf dem Schulhof aufhielt, in den Fluren, auf der Toilette oder sich auf dem Nachhauseweg befand. Nie war er unbeteiligt, stets war er sich der unterschwelligen Gewalt bewusst, spürte die Spannung und die heimliche Erwartung.

Und hinter all dem standen die Wächter. Elliot zweifelte keinen Augenblick mehr an ihrer Existenz.

Jedes Gefühl von Sicherheit war verflogen. Elliot lebte in ständiger Angst davor, entdeckt zu werden, auf die falsche Art und Weise aufzufallen. Aber während er früher einfach stillgehalten und darauf gewartet hatte, verdoppelte er diesmal seine Anstrengungen zu überleben. Mit Hilfe eines Spiegels entwickelte er einen Gesichtsausdruck, der ruhigen Gleichmut ausstrahlte, damit niemand erkannte, was er wirklich dachte. Er war in der Lage, seinem Gesicht jederzeit die Maske scheinbar gleichgültiger Langeweile aufzusetzen. Er ging regelmäßig zum Schwimmtraining und trug seinen Teil «zu Ruhm und Ehre» des Holminster Gymnasiums bei. Er erledigte seine Hausaufgaben, vermied es aber, zu viele gute Noten zu bekommen, um nicht vor der Klasse gelobt zu werden. Er tat alles, damit die anderen bemerkten, dass er nicht hervorstach, und er doch gerade genug auffiel, um nicht unbemerkt zu bleiben. – Nach außen hin war er Elliot der Gleichgültige, aber sein Inneres bestand aus einem Chaos von miteinander ringenden Gefühlen und Konflikten. Er fing wieder an, schlecht zu schlafen, wachte alle paar Stunden schweißgebadet und mit klopfendem Herzen auf, aus Träumen gerissen, in denen Vergangenheit und Gegenwart sich ständig wiederholten, immer und immer wieder.

Egal was er tat, wo er auch hinging, es machte keinen Unterschied. Es schien, als ob er nur an einem Ort zu Hause war: im Reich der Angst.

Er richtete seine ganze Aufmerksamkeit auf das Spiel. Mr. Phillips war schlecht gelaunt, wartete auf eine Gelegenheit, Dampf abzulassen – hielt Ausschau nach jemandem, den er sich vorknöpfen konnte.

Zehn Minuten nach Beginn der ersten Halbzeit sah er seine Chance. Der Junge mit der wunden Nase, Baker, bekam einen Pass zugeworfen. Erstaunlicherweise fing er ihn, aber dann glitt ihm der schlammige Ball durch die Finger und wurde ihm sofort von einem Spieler der gegnerischen Mannschaft weggenommen. Eine Sekunde später schrillte die Trillerpfeife und brachte das Spiel zum Stillstand. Beide Mannschaften warteten nervös auf eine Erklärung für die Unterbrechung.

Der Trainer ging schnurstracks auf Baker zu. Elliot spürte, wie sich die Spannung steigerte.

«Was glaubst du eigentlich, was für ein Spiel das hier ist?» Der Sportlehrer baute sich vor dem Jungen auf, der instinktiv zurückwich.

«Ich habe dich gefragt, was zum Teufel glaubst du, was du hier spielst? Hast du noch nie einen Ball zugeworfen bekommen?»

Der Junge schaute zu Boden und murmelte etwas, das Elliot nicht verstehen konnte.

«Sehr richtig, du hast ihn fallen gelassen. Du bist ein Waschlappen, Baker, das ist dein Problem. Was bist du?»

Die Antwort war unhörbar.

«Lauter, damit jeder dich verstehen kann. Mach schon.»

«Ich bin ein Waschlappen.»

«Lauter.»

«Ich bin ein Waschlappen.»

«Lauter. Sag es so, als ob du es selbst glaubst.»

«Ich bin ein Waschlappen. Ich bin ein Waschlappen. Ich bin ein Waschlappen.»

Der Trainer trat einen Schritt zurück. «Das brauchst du

uns nicht zu sagen, Baker. Ich glaube, das haben alle hier schon längst gemerkt.»

Ein paar Spieler kicherten.

«Du magst Rugby nicht besonders, nicht wahr?» Der Trainer sprach immer noch so laut, dass ihn alle verstehen konnten. Seine Stimme nahm einen spöttischen Unterton an. «Du würdest lieber irgendwo im Warmen hocken, schön gemütlich, wo man nicht dreckig wird, sich nicht nass macht und keine blauen Flecken bekommt. Weit weg von all den schrecklichen Kerlen, die hier draußen auf dem Spielfeld raufen. Das würde dir gefallen, stimmt's, Baker?»

Er wandte sich den wartenden Spielern zu, die jetzt keine Anstalten mehr machten, ihre Schadenfreude zu verbergen. Elliot hatte den Verdacht, dass der Trainer nicht zum ersten Mal Baker auf diese Art und Weise herauspickte und bloßstellte.

Mr. Phillips verzog seinen Mund zu einem Raubtiergrinsen. «Dieser zarte kleine Bursche ist zu empfindlich, um Rugby zu spielen. Also muss ich mir überlegen, was ich stattdessen mit ihm anfangen soll. Hat irgendjemand eine Idee?»

Ein Junge neben Elliot rief: «Stecken Sie ihn zu den Mädchen, Sir. Lassen Sie ihn mit den Mädchen Netzball spielen.»

Mr. Phillips Lächeln wurde noch breiter. «Ausgezeichneter Vorschlag, Harris. Vielen Dank. Also, Baker, worauf wartest du?»

Elliots Team wurde vernichtend geschlagen und verlor das Spiel mit 8 : 30. Im Umkleideraum ließ Stewart seine Wut an dem Jungen mit der wunden Nase aus und zerrte ihn an den Haaren über den Boden. Zwei andere Jungen hatten sich seiner Kleider bemächtigt. Olivers Hand lag auf dem Kaltwasserhahn. Der Rest schaute schweigend zu.

Dann, plötzlich, ohne Vorwarnung, tauchte Mr. Phillips im Türrahmen auf. Das Drama fror ein. Aller Augen senkten sich oder wandten sich nervös ab. Nur das Rauschen der Dusche war noch zu hören.

Der Trainer erfasste die Situation mit einem Blick. Eine kurze Ewigkeit schaute er den Jungen auf dem Boden an, der unbeweglich und schlaff einfach dalag, dann wanderten seine Augen zu Stewart, dessen Finger immer noch wie zufällig im Haar des Jungen verkrampft waren.

Gedanken rasten durch Elliots Kopf. Warum war Phillips reingekommen? Zufall? Oder hatte ihm jemand einen Tipp gegeben?

Immer noch rührte sich niemand. Die Dusche rauschte so laut wie ein Wasserfall.

Die Augen des Trainers blieben an Elliot hängen. «Du da.» Er trat näher an ihn heran. «Ich kenne dich nicht, also stehen die Chancen nicht schlecht, dass ich von dir eine einigermaßen wahrheitsgetreue Antwort bekomme. Was geht hier vor?»

Wenn Elliot später darüber nachdachte, erschreckte es ihn am meisten, wie leicht sich die Lügen in seinem Kopf formten, wie instinktiv sie über seine Lippen kamen. Aber in dem Moment war er sich kaum bewusst, dass er log. Er war sich bewusst, wie nahe der Trainer vor ihm stand und wie wütend er war. Er war sich bewusst, dass die Aggression nicht auf etwas Bestimmtes gerichtet war, dass es den Lehrer gar nicht interessierte, was hier vorging – oder er es vielleicht sogar nicht wissen wollte –, sondern dass er mit jeder halbwegs plausiblen Antwort zufrieden sein würde. Und er war sich deutlich der Tatsache bewusst, dass die anderen Jungen im Raum ihre Blicke absichtlich abwandten, um ihn nicht anzuschauen. Sie machten ihm deutlich, dass *er* allein entscheiden musste, welche Antwort er gab.

Es gab nur zwei Möglichkeiten: Entweder er gab eine Erklärung ab, die allen Beteiligten mit großer Wahrscheinlichkeit einen Schulverweis einbrachte – möglicherweise sogar allen im Raum – oder er entschied sich für eine Geschichte, die so lapidar war, dass der Trainer sich ärgerte, weil er grundlos hereingekommen war, um nachzuschauen, was los war. Eigentlich stand die Entscheidung schon von vornherein fest … und außerdem war ja nichts *passiert* – Stewart war unterbrochen worden …

Schnell sagte er: «Irgendjemand hat sich wohl einen Spaß erlaubt, Sir.» Sein Blick traf Olivers Augen. «Und das Wasser war zu heiß, deshalb … Es ist nichts passiert, Sir.»

Das Herz schlug ihm bis zum Hals, während Mr. Phillips ihn ein paar Sekunden lang misstrauisch musterte. Aber Elliot hatte richtig vermutet: Der Trainer hatte kein Interesse an der Wahrheit; eine glaubwürdige Erklärung genügte ihm. Er trat von Elliot zurück und betrachtete gereizt die halb angezogenen Gestalten.

«Wenn ich noch einen einzigen Ton höre, nachdem ich durch diese Tür gegangen bin, wird heißes oder kaltes Wasser eure geringste Sorge sein.» Er warf einen letzten Blick voll unverhohlenem Abscheu auf den Jungen am Boden und ging dann hinaus. Die Tür ließ er offen.

Spät an diesem Abend lag Elliot im Bett und starrte an die Decke. Er grübelte. Ihm war klar, dass sich heute in der Umkleidekabine etwas Bedeutsames ereignet hatte. Etwas war mit ihm geschehen. Es war nicht so, dass er noch nie zuvor gelogen hatte, aber diesmal war es anders gewesen. In dem Moment, in dem er diese Worte ausgesprochen hatte – diese Lüge –, hatte er eine Grenze überschritten. Und dieser Schritt zog eine scharfe Trennlinie zwischen allem, was er bis zu diesem Punkt getan hatte, und allem, was er in Zukunft tun würde.

Er wusste, dass ihn dieser Moment für immer geprägt hatte.

8

Als er am Dienstag nach der Schule nach Hause gehen wollte, fing ihn Oliver am Tor ab.

«Die Wächter verlangen nach dir», sagte Oliver sachlich.

Elliots Magen bäumte sich auf. Kalte Angstschwaden waberten in seiner Brust. Er schluckte und zog seine Schultern nach hinten. Nach außen musste er gefasst und sorglos erscheinen.

«Wann?»

«Jetzt.»

Es hatte keinen Sinn, nach dem Warum zu fragen. Selbst wenn Oliver es wusste, würde er es wahrscheinlich nicht sagen. Es war im Grunde auch egal.

Elliot überlegte, ob er die Aufforderung ignorieren, Oliver stehen lassen und nach Hause gehen sollte. Es gab nichts, was ihn hätte aufhalten können. Nichts, außer der Tatsache, dass es genauso ablaufen würde wie an seiner alten Schule. Oliver hatte diese Möglichkeit sicher in Betracht gezogen und vorgesorgt. Es war besser, es hinter sich zu bringen und sie nicht noch unnötig zu reizen.

Zu seiner Überraschung führte ihn Oliver zur Hinterseite der Schule und betrat dann das Waldstück, das eng an den Sportplatz grenzte.

Elliot war noch nie in diesem Wald gewesen. Es war sehr ruhig hier. Gelegentlich zwitscherte ein Vogel, aber es klang immer weit entfernt. Die Luft war feucht und frostig, völlig anders als die knisternde, trockene Kälte, die überall sonst herrschte. Es roch leicht säuerlich nach fauligen Blättern und modernden Ästen, und bei jedem Schritt sanken seine Schuhe in Schlamm und glitschiges Laub ein. Der Wald wirkte wie aus einem Märchen – allerdings nicht die Sorte Märchen mit rotbackigen Großmüttern und freundlichen Zwergen, sondern eher die düsteren Geschichten, in denen unliebsame Überraschungen in den Schatten lauerten.

Irgendwo hier drin warteten die Wächter auf ihn.

Die Kälte in seiner Brust gefror zu Eis und breitete sich aus.

Sie liefen schweigend. Der Pfad, dem sie folgten, war ausgetreten, doch er wand sich scheinbar ziellos zwischen den Bäumen hindurch. Zu allem Überfluss wurde es auch noch langsam dunkel. Schon bald würde von dem schwachen, grauen Nachmittagslicht, das durch die Bäume drang, nichts mehr übrig sein. Wie sollten sie wieder zurückfinden? Aber andererseits – *Vielleicht sollte dies meine geringste Sorge sein.*

Plötzlich lagen die Bäume hinter ihnen.

Das Licht reichte noch aus, um gut zu sehen. Sie standen auf einer Lichtung, ein fast kreisrundes Terrain aus halb gefrorenem Schlamm, in dem sich zahlreiche Fußabdrücke zeigten und das etwa ein Drittel so groß war wie ein Fußballfeld. Am gegenüberliegenden Ende befand sich ein Bahndamm, der so gar nicht zur Landschaft passte und der auf beiden Seiten der Lichtung zwischen den Bäumen verschwand. Die Gleise gehörten ganz sicher nicht zur regulären Bahnstrecke; die, so wusste Elliot, verlief auf der anderen Seite der Stadt. Er fragte sich, ob hier überhaupt noch Züge fuhren.

Aber die Züge waren sofort vergessen.

Vor dem Bahndamm stand eine niedrige Backsteinmauer. Darauf saßen drei Gestalten mit baumelnden Beinen. Aus dieser Entfernung konnte Elliot ihre Gesichter nicht erkennen.

Etwa zwei Meter vor der Mauer blieb Oliver stehen und bedeutete Elliot, es ihm gleichzutun. Er verbeugte sich. Unsicher ahmte Elliot ihn nach. Ein Schreck durchzog ihn, als er das plötzliche Bedürfnis zu pinkeln verspürte. Er kämpfte die Versuchung nieder, sich zu entschuldigen und hinter den Büschen zu verschwinden. Ganz langsam ließ das Verlangen nach.

Lange Zeit stand er da. Es kam ihm wie Jahre vor. Jetzt, da er sich nicht mehr bewegte, wurden seine Beine und seine Füße kalt. Wieder wuchs der Druck auf seine Blase und er hatte Schwierigkeiten, sein Unwohlsein zu verbergen. Einzig der Gedanke, was geschehen konnte, wenn er dem Drängen nachgab, verlieh ihm die nötige Kraft.

Schließlich sagte eine Stimme in leicht vorwurfsvollem Ton: «Willst du uns nicht vorstellen?»

Mit hochrotem Kopf nannte Oliver die Namen der drei Gestalten. Derjenige, der gesprochen hatte – zu Elliots Rechten –, hieß Richard. Der Junge in der Mitte war Gareth, und auf der linken Seite saß Cameron.

Sobald Oliver geendet hatte, wedelte Richard lässig mit der Hand. «Du kannst jetzt gehen, Oliver.»

«Oh. Ja, sicher», erklärte Oliver eifrig. Nichts war von seinem gewohnten fröhlichen und etwas hinterhältigen Selbstbewusstsein übrig geblieben. Er wirkte nervös, begierig zu gefallen. Wortlos glitt er in den Wald zurück.

Elliot war mit den Wächtern allein.

Erst jetzt betrachtete er sie genauer. Keiner von ihnen passte in das Bild, das er sich von ihnen gemacht hatte. Nach den Erfahrungen aus seiner alten Schule hatte er sie sich als menschliche Monster vorgestellt, als bösartige Dämonen mit rasierten Köpfen, Lederjacken und einer Aura von Gewalt. Was er vor sich sah, waren drei ältere Jungen in der Schuluniform des Holminster Gymnasiums, deren Anstecknadeln an ihren Krawatten besagten, dass sie in der Abschlussklasse waren. An ihnen war nichts Dämonisches. Sie wirkten vollkommen gewöhnlich.

Der Junge, der Elliot am nächsten saß, hatte die Ausstrahlung und das gute Aussehen eines Fotomodells. Seine welligen braunen Haare lagen in weichen Locken hinter den Ohren und rahmten ein leicht gebräuntes Gesicht ein. Entgegen den Regeln der Schule trug er lange Koteletten, die sorgfältig geschnitten und gekämmt waren.

Richards Augen glitten wie beiläufig über Elliot. Sie schienen ihn kaum wahrzunehmen. Seine Körpersprache machte Elliot klar, dass die Wächter es nicht nötig hatten, ihn auch nur zu bemerken. Und doch hatte Elliot die Vermutung, dass der ältere Junge jedes Detail an ihm registrierte. Er spürte, dass dies der Blick eines Menschen war, der es sich leisten konnte, allem und jedem gleichgültig gegenüberzustehen. Jemand mit uneingeschränktem Selbstvertrauen. Jemand mit uneingeschränkter Macht.

Gareth und Cameron betrachteten ihn ebenfalls, aber ohne die Intensität von Richards Blick. Elliot fiel auf, dass er alle drei schon gesehen hatte, und zwar auf Fotos im Schulprospekt. *Exzellente Sportler.*

Im Geiste fasste er die Situation zusammen und kam zu

folgendem Ergebnis: Richard war der Wichtigste. Derjenige, den er besänftigen musste. Der Gefährliche. Elliot war überrascht, dass er zu solch klaren Gedanken fähig war. Der alte Elliot hätte in dieser Situation angefangen zu heulen und sich auf das Schlimmste gefasst gemacht, unfähig, seine Angst zu verbergen. Der neue Elliot konnte der Welt ruhig ins Auge sehen und so wirken, als ob ihm alles egal war.

Die Art, wie er dachte und sich verhielt, war neu für ihn. Es ängstigte ihn, ohne dass er wusste, warum.

Du wirst dich daran gewöhnen. Du wirst lernen, es zu genießen.

Ich hoffe es.

Er wartete.

Richard sprang von der Mauer. Er trat dicht an Elliot heran und beugte sich hinab, sodass ihre Gesichter auf gleicher Höhe waren. Seine Augen waren weit geöffnet und starr, seine Augenlider unbeweglich. Sie gaben Elliot das Gefühl, dass Richard sich eine Meinung über ihn bildete, seinen Wert abschätzte.

Vielleicht war Richard schlimmer als ein Dämon. Ein eisiges Rinnsal floss an Elliots Rücken hinab. Er zwang sich, dem Blick des Älteren standzuhalten.

Abrupt richtete Richard sich auf und trat zurück. Aufmerksam schaute er Elliot an, als sähe er ihn soeben zum ersten Mal.

«Warum bist du hergekommen?»

Seine Stimme klang ehrlich interessiert, nicht drohend, aber Elliot hatte zu viele ähnliche Situationen durchlebt, um sich narren zu lassen. Richard würde sein scheinbares Interesse, seine vorgetäuschte Freundlichkeit so lange aufrecht erhalten, bis sie ihn langweilten, und dann *Rums! Auf ihn mit Gebrüll!* Aber er hatte keine andere Möglichkeit, als das Spiel mitzuspielen.

«Ich dachte ... Ich dachte, ihr habt mich darum gebeten.»

«Tust du alles, was man dir sagt?»

Elliots Mund formte eine Antwort. Er wollte «Nein» sagen, aber das Wort gefror auf seinen Lippen. In seinem Kopf erklärte ihm dieselbe zischende Stimme, die er schon früher gehört hatte: *Sei auf der Hut – du musst neu denken. Also denk neu.*

Er dachte nach und sagte dann, innerlich zitternd: «Ich tue, was man mir sagt – wenn ich daran interessiert bin. Wenn ich es tun will.»

Der ältere Junge lächelte. «Also, warum wolltest du heute Abend hierher kommen?»

Warum? Oh Gott, denk nach! Sein Mund war trocken. «Ich wollte ... Ich wollte mehr über die Wächter erfahren.»

«Wirklich?» Richards Lächeln wurde breiter. «Also glaubst du, dass du bereits irgendetwas über uns weißt?»

Elliot schluckte. «Ich weiß ein paar Dinge.»

«Zum Beispiel?»

«Ich weiß, dass alle vor euch Angst haben.»

Das Lächeln blieb, wo es war: eine spottende Kurve des Mundes, gebleckte Zähne. Es erinnerte ihn an ein anderes Lächeln, an eine andere Person, eine andere Zeit. «Und? Hast du Angst, Elliot?»

Ich habe keine Angst. Ich bin fast wahnsinnig vor Schrecken. Er konnte nichts sagen. Egal, was er gesagt hätte, es wäre die falsche Antwort gewesen. Man konnte nie gewinnen. In dieser Art von Spiel war die Zukunft bereits beim Eröffnungszug entschieden. Er war tot, seit dem Moment, in dem sie ihn ausgewählt hatten.

Er wartete. Sein Magen zog sich zusammen.

Irgendwo sang ein Vogel.

Er wartete. Jeden Augenblick.

Er wartete …

Sein Herz machte einen kleinen Satz, als er merkte, dass Richard weitersprach.

«… erzähl uns doch, was du sonst noch über die Wächter weißt, Elliot.»

Wie ist es möglich, dass ich noch am Leben bin?

Es blieb keine Zeit zum Nachdenken. Er stürzte sich auf den Moment der Stille und platzte mit allem heraus, woran er sich erinnerte, alles, was Oliver ihm erzählt hatte, so wenig es auch war. Über die Bestrafungen und die Auswahl der Opfer. Als er geendet hatte, holte er tief Atem. Doch danach fühlte er sich noch schlechter.

Richard schloss die Augen und sagte verträumt: «Nicht völlig falsch. Aber warum organisieren wir das alles? Kannst du mir *das* sagen?»

Elliot ließ die Antwort, die in seinem Hinterkopf Gestalt annahm, unausgesprochen: *Es gibt keinen Grund. Jedenfalls keinen guten …* «Ähm … Geld? Erpressung? Schutzgeldzahlungen? So was in der Art?» An seiner alten Schule waren Gerüchte darüber kursiert, doch dies war ausnahmsweise eine Sache, die ihn nicht betroffen hatte.

Richard riss die Augen auf. Er sah amüsiert aus. «Erpressung ist so einfallslos. Das ist was für die Hirnlosen, die Deppen. Von mir aus können sie machen, was sie wollen – außerhalb von Holminster. Aber sie begreifen überhaupt nicht, um was es hier geht.» Er schwieg einen Moment lang und fragte dann leichthin: «Begreifst du es, Elliot?»

Was war die korrekte Antwort? *Denk nach, um Gottes willen.* «Es geht um … Es geht um …»

Was zum Teufel ist die richtige Antwort?

Richard schaute auf seine Armbanduhr. «Es wird spät. Du kannst jetzt gehen. Aber denk darüber nach. Denk darüber nach, um was es geht. Hast du verstanden?»

Elliot nickte wie in Trance, unfähig zu sprechen.

«Dann geh jetzt. Und denk über unser nächstes Treffen nach.»

Die nächsten vier Tage verbrachte Elliot in einem Zustand absoluter Qual. Der Gedanke an die nächste Begegnung mit den Wächtern fraß an ihm. Wie besessen ging er in Gedanken immer und immer wieder durch, was im Wald geschehen war.

Hast du Angst, Elliot?

Er hatte diese Frage nicht beantworten können, und trotzdem war er noch am Leben. Er war immer noch zutiefst verwirrt, konnte kaum glauben, dass er ohne eine Schramme entkommen war. Er konnte nicht begreifen, wie er mit ihnen – mit Richard – auf die Art und Weise sprechen konnte, wie er es getan hatte. Es war fast so, als wäre nicht er, Elliot, dort auf der Lichtung gewesen. Als wenn jemand anderer, etwas anderes, seinen Körper in seine Gewalt gebracht hätte.

Aber du warst es, Elliot. Du hast es geschafft. Niemand anderes.

Was wollten sie von ihm? Er zweifelte mittlerweile daran, dass sie ihn für eine Bestrafung ausgewählt hatten. Aber vielleicht wollten sie auch nur, dass er das glaubte. Vielleicht war dies Teil einer ausgeklügelten Folter, die ihn gefügig machen sollte.

Begreifst du, um was es geht, Elliot?

Was zum Teufel war die richtige Antwort?

Am Freitagnachmittag stand Oliver wieder am Schultor und wartete auf ihn. Er brauchte nichts zu sagen. Stumm folgte ihm Elliot in den Wald.

Diesmal blieb Richard auf der Mauer sitzen, sodass Elliot seinen Kopf in den Nacken legen musste, um ihn anzuschauen.

«Dein Benehmen am Montag hat uns beeindruckt, Elliot. Du warst sehr cool. Unsere Erwartungen in dich wurden weit übertroffen.»

Elliot gefror zu Eis. Diese Worte konnten sich nur auf eine einzige Sache beziehen – auf die Ereignisse im Umkleideraum. Woher wussten sie davon?

«Wir haben dich ... bemerkt, Elliot. Du bist nicht – wie soll ich es ausdrücken? – du bist nicht nur ein Gesicht in der Masse.»

Elliots Kehle zog sich zusammen, bis er das Gefühl hatte, langsam zu ersticken.

Wenn du auf die falsche Art und Weise auffällst, bist du tot.

«Du überragst die anderen, Elliot. Aber nicht, weil es in deiner Natur liegt – das wäre nichts Besonderes. Wenn du es willst, bist du nur einer von ihnen; die anderen akzeptieren dich. Das ist eine sehr nützliche Fähigkeit. Aber wenn du dich von ihnen abheben willst, tust du das einfach. Du *kannst* das. Und die Leute akzeptieren auch das, selbst wenn es ihnen nicht auffällt. Uns allerdings ist es aufgefallen.»

Elliot gab sich Mühe zu begreifen, was Richard da sagte. Er hatte keine Ahnung, ob eine Reaktion von ihm erwartet wurde.

«Oh ja, Elliot. Wir haben dich beobachtet. Schon eine ganze Weile.»

Wie? Wer?, dachte er voller Panik.

Richard lachte. «Nein, nicht wir selbst, Elliot. Wir besitzen nicht diese tierische Gier, die einen dazu bringt, Leuten hinterherzulaufen.» Er rückte seine Manschette zurecht. «Nein, das überlassen wir anderen. Du würdest nicht glauben, wie wild manche Leute darauf sind. Du müsstest sie dir mal anhören: immer in Eile, immer beschäftigt, immer mit dem neusten Klatsch im Gepäck. Alles, was sie von sich geben, ist: ‹Wir sehen uns … bis später … vielleicht morgen.›»

Diesmal war es Elliot nicht möglich, den Krampf in seinen Kiefermuskeln zu verbergen.

Richard lachte wieder. «Verrate nicht, dass du Bescheid weißt – du würdest ihn seiner einzigen Existenzgrundlage berauben.» Er schwieg einen Moment. «Würde dir eine solche Aufgabe zusagen, Elliot? Könntest du dir vorstellen, andere Leute für uns zu beobachten und uns über jede ihrer Bewegungen Bericht erstatten? Wer ihre Freunde sind, was für Noten sie bekommen – übrigens, das war eine gute Leistung, die du in deinem letzten Geschichtsaufsatz abgeliefert hast. Der alte Higgins ist sehr geizig und vergibt nur selten eine 2+ –, was für Deodorant sie benutzen, was für schmutzige kleine Geheimnisse sie haben …»

Die Bemerkung über seinen Geschichtsaufsatz warf Elliot

um. Oliver war nicht in diesem Kurs. Wer sonst noch beobachtete ihn? Zehn Schüler? Hundert?

Schnell fing er sich wieder. Der Satz war mit voller Absicht eingestreut worden. Richard hatte vermutlich genau berechnet, welchen Effekt seine Worte haben würden. Wahrscheinlich vertraute er darauf, dass er ihm damit genug Angst eingejagt hatte, damit Elliot nun jede Behauptung blind schlucken würde. Zu seiner Überraschung stellte er fest, dass er nicht bis ins Mark erschüttert war. Er verbannte seine Nervosität in die tiefsten Tiefen seiner Magengrube und sagte: «Es ist schade, dass ihr keine aktuellen Beispiele anbringen könnt. Seitdem habe ich immerhin zwei Aufsätze in Englisch geschrieben.»

Gareth fuhr hoch. «Pass auf, was du sagst, Elliot. Klugscheißer mögen wir nämlich nicht.»

Eine Sekunde lang glaubte Elliot, dass er zu weit gegangen war. Doch nach einer Weile – gerade lange genug, damit Elliot klar werden konnte, dass er gewarnt wurde, und zwar zum ersten und letzten Mal – sprach Richard weiter.

«Gut pariert. Touché. Aber wir haben dich auch gar nicht als Beobachter vorgesehen. Wir haben viel Größeres mit dir vor.»

Es war wie ein Spiel, dachte Elliot. Ein unübersichtliches und kompliziertes Spiel, dessen Regeln er selbst herausfinden musste, während er spielte. Aber immer noch hatte er keine Vorstellung davon, warum er auserwählt worden war, an dieser Partie teilzunehmen. Es sah so aus, als ob er Richards Wohlwollen gewonnen hatte, indem er sich «von der Menge abhob», aber selbst damit konnte er nicht sicher sein. Darüber hinaus hatte er keine Ahnung, was es bei diesem Spiel zu gewinnen gab.

Als Richard wieder das Wort ergriff, war jede Spur von Humor aus seiner Stimme verschwunden. Ruhig, aber mit stahlhartem Unterton sagte er: «Also, lass uns zur Tagesordnung kommen. Du erinnerst dich an die Frage, die ich dir gestellt habe. Die Antwort, bitte.»

Auf der Lichtung wurde es still.

Aus irgendeinem Grund blitzte eine Erinnerung in Elliots Kopf auf: Der Trainer, der den Jungen mit der wunden Nase vor der versammelten Mannschaft bloßstellte. Sein Lächeln ... das Raubtiergrinsen ... das Vergnügen in seinen Augen. Er griff den Gedanken auf und plötzlich, wie durch ein Wunder, hatte er die Antwort.

Er sagte: «Es geht darum, Spaß zu haben. Das ist der Grund.»

Richards Augenbrauen zuckten. «Sehr gut. Ich hatte schon angefangen, mir Sorgen zu machen. Liest du viel?»

Der unerwartete Themawechsel traf Elliot unvorbereitet. «Ähm ... na ja. Ein bisschen.» Es wäre zu riskant gewesen, die Wahrheit zu sagen. Er konnte sich nicht vorstellen, dass ein Satz wie *Ja, ich lese, um Leuten wie euch zu entkommen* ihm Pluspunkte gebracht hätte.

«Du solltest mehr lesen. Es erweitert den Horizont.» Richard ließ nicht erkennen, ob er einen Witz gemacht hatte. «Hast du *1984* gelesen? George Orwell?»

Wieder wurde Elliot aus dem Konzept gebracht, aber diesmal nur für den Bruchteil einer Sekunde. *Er macht das absichtlich*, erklärte die Stimme in seinem Kopf. *Das ist Teil des Spiels*. Selbstbewusster, ja fast herausfordernd, erklärte er: «Nie davon gehört.» Und diesmal sagte er die Wahrheit.

«Ts, ts!» Richard schüttelte seinen Kopf, als würde ihn

diese Aussage traurig stimmen. «Was bringen die den Kindern heutzutage überhaupt noch bei?» Er griff in seine Jackentasche und zog ein zerfleddertes Taschenbuch hervor. «Ich möchte dir etwas über *1984* erzählen – meiner unmaßgeblichen Meinung nach das beste Buch, das jemals geschrieben wurde. In *1984* geht es um das Beobachten. Um eine Gesellschaft, in der jeder beobachtet wird. In dieser Gesellschaft gibt es überall Bildschirme, aber das sind keine normalen Fernseher. Sie funktionieren in beide Richtungen: Du betrachtest sie – und sie beobachten dich. Sie hängen auf den Straßen, in den Geschäften, an deinem Arbeitsplatz, in deinem Haus ... Egal, was du tust – nein, *alles*, was du tust, wird beobachtet.»

Die Geschichte kam ihm irgendwie bekannt vor. Elliot erinnerte sich an einen Film – irgendetwas über einen Mann, der rund um die Uhr im Fernsehen zu sehen war.

«Die nächste Frage, die ich dir stellen möchte, lautet folgendermaßen: Was ist der Grund dafür? Warum sollte jemand die Menschen den ganzen Tag lang beobachten?»

Was genau war in dem Film passiert? Elliot wusste es nicht mehr. Aber trotzdem lag die Antwort auf der Hand, wenn man kurz darüber nachdachte. «Um die Menschen zu kontrollieren.» Er sagte es gelangweilt, um deutlich zu machen, wie offensichtlich die Erklärung war. «Wenn man weiß, dass man beobachtet wird, verhält man sich anders. Beherrschter. Es ist dasselbe wie mit den Sicherheitskameras im Einkaufszentrum.»

Richard nickte. «Sehr gut.» Er war wieder ernst und hatte den leicht spöttischen Ton in seiner Stimme abgelegt. Er schaute über Elliots Kopf hinweg und betrachtete offenbar etwas in weiter Ferne. «Die Beobachter wollen die Kontrolle haben. Sie wollen, dass sich die Leute vor ihnen fürchten, dass sie tun, was man ihnen sagt, und dass sie genau wissen, *wer* das Sagen hat. Sie wollen den Leuten klarmachen, wer die Macht besitzt. Und weißt du auch, warum, Elliot?»

Diesmal war Elliot ratlos. Selbst wenn er es wüsste, dachte er bei sich, wäre es wohl nicht ratsam, zu klug zu wirken. Besonders nicht angesichts der Leidenschaft, mit der Richard jene letzten Sätze gesprochen hatte.

Richard sprang von der Mauer und kam auf ihn zu, wie beim letzten Mal. Er stellte sich so dicht vor ihn, dass Elliot die Poren in seiner Haut erkennen konnte, und auch die Stelle, an der er sich nicht gründlich genug rasiert hatte. Richard packte Elliot bei den Schultern und bohrte seine Finger so tief in Elliots Fleisch, dass es beinahe wehtat. Seine Augen glühten. Elliot konnte sich nicht bewegen. Konnte nicht wegschauen. Konnte nicht blinzeln. Richard senkte seine Stimme zu einem inbrünstigen Flüstern: «Es geht um Folgendes – Orwell hat es in dem Buch niedergeschrieben: Der Zweck der Kontrolle *ist die Kontrolle.* Der Zweck der Macht *ist die Macht.* Der Zweck der Folter *ist die Folter.* So einfach ist das.

Verstehst du, Elliot? Die Macht, die die Wächter haben, ist nicht Mittel zum Zweck. Nur die Hirnlosen, die Deppen, die Idioten, die Zurückgebliebenen glauben das. Diese armen, bemitleidenswerten Loser.»

Er hielt Elliot noch ein paar Sekunden lang fest, dann richtete er sich auf und schaute zur Seite. «Die Macht *ist* der Zweck, Elliot. Wenn du sie wirklich willst und wenn du sie behalten willst, dann musst du immer daran denken. Und wenn du das tust – und es begreifst –, dann merkst du, wie viel Spaß es machen kann, Macht zu besitzen.» Er schaute nach unten und lachte in Elliots Gesicht, das eine Mischung aus beginnendem Verstehen und Erschrecken widerspiegelte.

«Verschwinde jetzt, Elliot. Wir bleiben in Verbindung. Darauf kannst du dich verlassen.»

9

Am Samstagmorgen wachte Elliot früh auf und konnte nicht mehr einschlafen. Richards Worte klangen in seinem Kopf wider: *Wir bleiben in Verbindung. Darauf kannst du dich verlassen.*

Er wollte nicht hinhören, aber nichts, nicht einmal die laute Musik, die er sich über Kopfhörer in die Ohren dröhnen ließ, konnte diese beiden Sätze ausblenden. Warum sagten sie nicht einfach, was sie von ihm wollten?

Als ob das noch nicht genug gewesen wäre, hatten sich seine Eltern am Freitagabend gestritten – das heißt, seine Mutter hatte herumgeschrien und geweint. Es hatte keinen besonderen Anlass dafür gegeben, nur das Übliche: Warum tat sein Vater nicht *irgendetwas, stand auf, ging hinaus, stand aus diesem verdammten Sessel auf?* Aber diesmal schien es so, als könnte sie nicht aufhören, nachdem sie einmal damit angefangen hatte. Erst als sie körperlich völlig erschöpft war, sackte ihre Wut in einem hilflosen Weinkrampf zusammen. Es hatte während des Abendessens begonnen, und Elliot hatte keine Möglichkeit gehabt zu entkommen.

Er wollte mit ihr reden. Nicht über seine eigenen Probleme – wie hätte sie ihm schon helfen sollen? –, nicht einmal über irgendetwas Besonderes. Er wollte einfach mit ihr reden, wollte dass sie ihm antwortete, wie sie es früher, in der Wohnung, getan hatte. Aber es war ihm unmöglich, die richtigen Worte zu finden, und er hatte den Eindruck, dass auch sie es nicht konnte – oder nicht wollte. Es war so, als gäbe es immer weniger, was sie gemeinsam hatten, als ob sie ihr Leben nebeneinander her lebten und sich immer weiter voneinander entfernten, wie zwei Bahnschienen, die in verschiedene Richtungen verlaufen.

Und zu allem Überfluss lag ihm die Erinnerung an seine Lüge im Umkleideraum kalt und anklagend im Magen. Es war erschreckend leicht gewesen, sie auszusprechen, und man hatte seine Worte so fraglos hingenommen, aber es gab nichts, was er hätte anders machen können. Schließlich hatte er niemanden damit verletzt – im Gegenteil: Er hatte dem Jungen mit der wunden Nase einen Gefallen getan, weil niemand bestraft wurde und nun niemand einen Grund hatte, sich an ihm zu rächen. All das entsprach den Tatsachen, und trotzdem empfand er nichts als Abscheu vor sich selbst.

Wenn nur niemand etwas verraten hätte. Wenn niemand dem Trainer einen Tipp gegeben hätte, wenn jeder den Mund gehalten hätte, wäre es nie dazu gekommen. Wenn ... Wenn ... Wenn ... Seine Gedanken fraßen an ihm wie schleichendes Gift und hielten ihn davon ab, sich auf irgendetwas anderes zu konzentrieren. Er nahm ein Buch zur Hand, das er schon halb gelesen hatte, und ließ es nach ein paar Absätzen wieder fallen. Der Text verschwamm vor seinen Augen zu einem unverständlichen Wörterbrei. Er schaute auf seinen Radiowecker: 6:01 Uhr. Er wurde noch wahnsinnig, wenn er länger im Bett blieb.

Er schleuderte die Bettdecke zur Seite und zog sich schnell an. Fünf Minuten später ging er aus dem Haus, Handtuch und Schwimmzeug in einer Einkaufstüte unter seinem Arm.

Kurz nachdem sie in die Wohnung gezogen waren, hatte er angefangen, samstags und sonntags früh aufzustehen und den halben Kilometer zum Hallenbad zu laufen. Er war seine Bahnen geschwommen und hatte sich bemüht, jedes Mal seine Distanz und seine Geschwindigkeit zu verbessern, genauso, wie er es früher im Sportzentrum getan hatte. So früh am Morgen war er meistens der Einzige. Wenn überhaupt, dann leisteten ihm ein paar ehrgeizige Schwimmer Gesellschaft, die ihn genauso ignorierten wie er sie. Die Gewissheit, in Ruhe gelassen zu werden, war fast das Schönste an der Sache.

Etwas geschah mit Elliot, wenn er schwamm. Dieses Etwas verlieh ihm die Fähigkeit, sich selbst zu verlieren. Wenn er seine Bahnen zog, hinauf und hinab, wenn seine Glieder und sein ganzer Körper mit dieser kraftvollen Effizienz arbeiteten, sich weich und harmonisch bewegten, verschwand alles andere aus seinem Kopf. Nur der nächste Zug zählte ... und der nächste ... und der nächste ... Er konzentrierte sich auf die Beugung seines Arms, auf die Wölbung seiner Hand, die zielgerichtet in das Wasser biss. Er spürte nichts als die Macht eines gelungenen Schwimmzugs – wie sich alle Muskeln in seinem Körper zu einer einzigen Bewegung vereinigten. Und wenn ihm alles gelang, war es gut. Es war schön und völlig mühelos. Dann schnitt er durchs Wasser, ohne sich seines Gewichts bewusst zu sein. Er versuchte nie, das Element zu beherrschen, sondern stattdessen mit ihm zu arbeiten, sich tragen zu lassen. Er vertraute ihm. Vertraute sich selbst.

Das Wasser wurde für ihn zu einem sicheren Hafen, einem Ort, der es ihm erlaubte, die Hässlichkeit der Welt da draußen zu vergessen.

Doch seit sie nach Holminster gezogen waren, war er nur

noch mit der Mannschaft geschwommen, und es war nicht mehr dasselbe. Er schwamm nun für jemand anderen, hörte auf die Anweisungen seines Trainers und überlegte ständig, wie er sich dem Team anpassen, wie er ihm bei einem Wettkampf dienen konnte. Es gab keine Gelegenheit mehr, seinen Kopf frei zu machen und allein zu sein.

Das Schwimmbecken war fast leer; nur ein einziger Schwimmer pflügte mit stetigen Bewegungen durchs Wasser. Elliot sprang am tiefen Ende in das Becken und genoss es, wie sein Gesicht auf dem Wasser aufprallte und die Gummikanten seiner Taucherbrille schmerzvoll in seine Haut gedrückt wurden. Er sank fast bis auf den Grund und tauchte langsam wieder nach oben, wobei er schon nahezu die halbe Länge des Beckens hinter sich gelassen hatte. Dann begann er zu kraulen und korrigierte seine Geschwindigkeit, um einen Krampf zu vermeiden.

Er schwamm eine Länge, dann noch eine. Hoch ... runter. Hoch ... runter. Er atmete ruhig. Sein Körper bewegte sich flüssig, glitt mühelos dahin. Er war sich undeutlich der Gegenwart des anderen Schwimmers in der Bahn neben ihm bewusst, der mit ihm gleichzog, aber ansonsten war sein Geist frei und leer. Er dachte an nichts anderes als an den nächsten Zug ... und den nächsten ... und den nächsten. Die Welt entschlüpfte ihm ...

Hoch ... runter. Siebenundfünfzig ... Achtundfünfzig. Hoch ... runter. Er ließ alles andere los, bis es nichts mehr gab außer dem Wasser und seinem Körper. Und beide waren grenzenlos.

Neunundachtzig... Er hätte ewig so weitermachen können,

aber kurz vor Ende der Bahn schaute er nach oben und sah, dass die Uhr hoch oben an der Wand 7:55 Uhr anzeigte. Bald würde sich das Hallenbad mit Besuchern füllen, die sich im Becken tummelten. Dann wäre es nicht mehr dasselbe.

Er beendete noch diese Bahn und brachte seine Füße in dem seichten Wasser auf den Boden. Er fühlte sich müde, aber gut. Erschöpft und leicht glühend. Er zog die Taucherbrille ab und stand für einen Moment still und genoss dieses Gefühl.

Der andere Schwimmer erreichte ebenfalls den Beckenrand und hielt sich daran fest. Er schüttelte seinen Kopf, um die Tropfen aus seinen Haaren zu schleudern, schob die Taucherbrille nach oben und schaute Elliot an.

Ihre Blicke trafen sich.

Das Wasser war plötzlich eiskalt.

Es war der schmächtige Junge, der die Bestrafung in der Außentoilette über sich hatte ergehen lassen müssen. Es gab keinen Zweifel. Oft genug war sein Gesicht in den letzten paar Wochen durch Elliots Träume gegeistert.

Sie starrten einander an. Dann, mit einer verkrampften Bewegung, kletterte der andere Junge aus dem Becken und eilte in Richtung der Umkleideräume, wo er aus Elliots Blickfeld verschwand.

Von all den Menschen, denen man begegnen kann! Elliot wusste selbst nicht, warum, aber plötzlich hatte er das dringende Bedürfnis, dem Jungen zu folgen. Er zog sich aus dem Wasser und eilte hinter ihm her. Als er in den Umkleideraum kam, mühte sich der andere Junge gerade mit dem Schloss seines Spinds ab und versuchte vergeblich, den Schlüssel herumzudrehen. Er sah Elliot und ließ den Schlüssel fallen. Er ging rückwärts, bis er auf die Wand traf, und schaute sich hektisch um. Sein Blick fiel in alle Richtungen, nur nicht auf Elliot.

Es war, als würde man ein in die Ecke gedrängtes Tier beobachten, dachte Elliot – eine hilflose Kreatur, die verzweifelt nach einem Ausweg sucht. Der andere Junge zitterte. Sein ganzer Körper wand sich in einem krampfhaften Beben und seine schmale Brust hob und senkte sich schwer. Er machte leise Geräusche beim Ein- und Ausatmen.

Da begriff Elliot: *Er hat Angst vor mir. Wahrscheinlich denkt er, dass ich ihn angreifen werde.* Ihm wurde schlecht. Das ganze Wohlgefühl des Schwimmens war verflogen.

Er trat einen Schritt zurück und sagte ruhig: «Hör zu, ich werde dir nichts tun. Alles klar?»

Seine Worte zeigten keinerlei Wirkung. Es schien so, als ob sie den Jungen nur noch mehr in Furcht versetzten.

So also fühlt man sich, wenn man Macht hat, dachte Elliot. *Wenn man über jemandem steht und der andere beim bloßen Anblick von einem selbst anfängt zu zittern.* Aber er fühlte sich nicht mächtig. Die Situation hatte etwas Beklemmendes. Er wollte weggehen, sich anziehen und den Raum verlassen, aber er konnte nicht. Und er wusste genau, warum. *Ich bin schuldig. Ich habe zugeschaut, wie alle anderen auch.*

Er bückte sich und hob den Schlüssel auf. Er streckte seine Hand aus. «Hier.» Wie ein Friedensangebot.

Die Augen des Jungen zuckten von dem Schlüssel zu den Spinden, dann auf den Raum hinter Elliot, dann zurück zum Schlüssel. Aber er machte keine Anstalten, ihn zu nehmen.

«Ich werde dir nichts tun.»

Immer noch rührte sich der Junge nicht. Er stand einfach nur da mit dem Rücken zur Wand. Seine Brust hob und senkte sich.

Elliots Badehose war feucht und fühlte sich widerlich auf seiner Haut an. Die Wärme seines Körpers, die sich durch die Anstrengung des Schwimmens aufgebaut hatte, war entwichen. Er wollte unter die heiße Dusche. Er wollte raus hier. Er las die Nummer des Spinds von dem Schlüsselanhänger ab, schaute sich um und erblickte die passende Spindtür. Der Schlüssel drehte sich leicht im Schloss und die Tür schwang auf.

«Ich werde dir nichts tun», wiederholte er.

Immer noch kam keine Antwort. Elliot merkte, wie er langsam gereizt wurde. «Ganz wie du willst.» Er öffnete seine eigene Spindtür, holte Duschgel und Shampoo hervor und ging unter die Dusche.

Das Haarewaschen erwies sich als Problem. Seine Hände zitterten. Ihm war immer noch schlecht. Seine Übelkeit resultierte zum Teil aus dem Schock, dass er diese Wirkung auf jemanden haben konnte, zum Teil aus Ekel, den er vor sich selbst empfand. Aber das war noch nicht alles. Nicht, wenn er ehrlich war. Die Wahrheit sah vielmehr so aus, dass die Begegnung eine Erinnerung in ihm wachgerufen hatte, doch in dieser Erinnerung waren die Rollen vertauscht.

Er schloss die Augen und spülte sich die Haare aus. Hinter seinen Augenlidern nahm ein Bild Gestalt an: Ein Junge stand mit dem Rücken zur Wand und presste sich so stark dagegen, als hoffte er, dass sie sich für ihn öffnen und ihn verschlucken würde. Aber sie tat es nicht – natürlich nicht – und trotzdem betete er, dass es geschehen würde, denn er konnte nichts anderes tun. Sie hatten ihm jede Fluchtmöglichkeit geraubt. Und jetzt kamen sie auf ihn zu ...

Er öffnete seine Augen und ließ absichtlich Seifenlauge hineinlaufen. Das beißende Stechen vertrieb jeden Gedanken außer dem heftigen Verlangen, den Schmerz zu lindern.

Auf dem Zettel an seiner Spindtür im Schulkorridor stand nur «4:15». Es gab keinen Hinweis, von wem er kam oder was um viertel nach vier geschehen würde oder wo es geschehen sollte. Aber es konnte nur eins bedeuten: Die Wächter hatten ihn wieder zu sich bestellt.

Machte es einen Unterschied, ob ein Zettel an einer Spindtür klebte oder ein Name am Schwarzen Brett? Er nahm an, dass es so war. Was bedeutete, dass er immer noch nicht zur Bestrafung auserwählt worden war.

Was zum Teufel wollen die dann von mir?

Er hatte geglaubt, dass Oliver auf ihn warten würde, aber um vier Uhr war nichts von ihm zu sehen. Er ging allein in den Wald. Die Wächter warteten, genauso wie die Male zuvor, auf ihrem Hochsitz auf der Mauer vor dem Bahndamm. Elliot streifte die Tasche von seiner Schulter und schaute zu ihnen auf.

Richard ergriff das Wort: «Du möchtest also noch mehr lernen.» Es war eine Aussage, keine Frage, und Elliot gab keine Antwort. «Ja, natürlich möchtest du das. Du möchtest alles über uns erfahren. Du möchtest wissen, was die Wächter sind, warum es sie gibt und warum sie tun, was sie tun.»

Wieder schienen sich Cameron und Gareth damit zu begnügen, Richard das Reden zu überlassen. Aber beide behielten Elliot genau im Auge und warteten nur darauf, dass er eine falsche Bewegung machte.

Richard schaute gedankenverloren in die Bäume.

«Wir – die Wächter – haben eine lange Tradition, die fast bis zur Gründung der Schule 1876 zurückreicht. Das bedeutet, dass wir eine Geschichte haben. Wir sind nicht nur ein Name, der aus der Luft gegriffen wurde. Zu verschiedenen Zeiten haben sich die unterschiedlichsten Leute ‹Wächter› genannt, aber im Grunde genommen war es immer dieselbe Sache. Kontinuität – das ist das Wichtigste. Menschen kommen und gehen, aber die Wächter sind immer da. Selbst wenn uns heutzutage nicht die Anerkennung zuteil wird, die wir verdienen ...»

Unerwartet fuhr Gareth mit der Erklärung fort, während er Elliot unverwandt anstarrte: «Kontinuität, Elliot. Denk daran. Denk daran, was unser Name bedeutet. Die Wächter: Wachen, Beschützer, Verwalter. Was tun die Wächter? Sie verteidigen. Sie wehren ab. Sie widerstehen. Sie sorgen dafür, dass alle Dinge an ihrem Platz bleiben. Das ist es, was wir tun: Wir kümmern uns darum, dass die Leute ihren Platz im Leben nicht verlassen. Wenn sie vergessen, wo sie hingehören, erinnern wir sie daran, und wenn sie versuchen, sich von ihrem angestammten Platz zu entfernen ...» Es war nicht nötig, diesen Satz zu beenden.

«Die Wächter existieren, weil sie diese Funktion ausüben. *Kontinuität*. Denk immer daran, Elliot, denn nur so können wir überleben.»

Wie aufs Stichwort fiel Cameron ein. Es war nicht zu übersehen, dass diese Vorstellung abgesprochen war.

«Die alten Wächter führten ein Buch, eine Mischung aus

einem Tagebuch und Aufzeichnungen all dessen, was sie taten. Ihre Namen, die Namen derjenigen, die bestraft werden mussten, die Namen der Bestrafer, Details der Bestrafung. Es stehen irre Sachen in diesem Buch – ziemlich gemein und ziemlich blutig. Gebrochene Rippen, gebrochene Nasen, Degenwunden – damals hat man Duelle organisiert und die Sicherheitskappen von den Waffen entfernt. Das gab manchmal eine ziemliche Schweinerei. Aber sie schossen nie übers Ziel hinaus. Alles war unter Kontrolle, alles war vorhersehbar. Sie wussten, was sie taten. Man kann eine Menge von ihnen lernen.»

Ein kurzes Schweigen folgte, dann fuhr Richard fort.

«Damals war die Struktur in Holminster natürlich noch anders. Heute gibt es keine Klassenvorsteher mehr, keine Präfekten und keine Aufsichtsschüler. Die alte Hackordnung, die alten Hierarchien – alles verschwunden.» Richard schaute nach unten und lächelte Elliot an. «Langweile ich dich?»

Elliot schüttelte den Kopf mit einem Ausdruck von gleichmütigem – aber nicht *zu* lässigem – Interesse. Er fragte sich, was das alles sollte. Es war erstaunlich, um nicht zu sagen unheimlich, dass es die Wächter schon so lange Zeit gab, aber er hatte keine Ahnung, warum sie ihm das alles erzählten.

«Alles war ruhig, bis vor ungefähr zehn Jahren, als plötzlich, nach einer Pause von mehr als zwanzig Jahren, neue Einträge in dem Buch auftauchten. Niemand weiß, warum wir – warum die Wächter – wieder auf der Bildfläche erschienen, aber wir sind zurück. Und jetzt ist es so, als seien wir nie weg gewesen.» Richard warf den anderen beiden Wächtern einen Blick zu, und obwohl kein Wort zwischen ihnen gesprochen wurde, hatte Elliot den Eindruck, als ob sie über irgendetwas eine stillschweigende Einigung erzielt hätten. «Was mich zu dem Grund dieses Treffens führt.

Ab September bleibt uns allen nur noch ein Jahr in Holminster. Und wenn wir abgehen, brauchen wir Leute, die unsere Plätze einnehmen. Leute, die dieselben Werte haben wie wir, die unseren Glauben teilen. Wir brauchen *Nachfolger.*»

Ein kalter Wurm kroch in Elliots Kopf.

Das kann unmöglich der Grund sein, warum ich hierher gerufen wurde. Niemals.

«Nicht einfach irgendjemanden, sondern Schüler, die wir ausbilden können. Schüler, die gewillt sind zu lernen.»

Niemals.

Die Sache kam ihm immer noch wie ein Spiel vor. Richards Stimme war sanft und neckend, als würde er nur für den Ernstfall proben. Das machte es nur noch schlimmer. Wenn er Gefühle gezeigt und seine Stimme erhoben hätte, hätten seine Worte lächerlich geklungen. Aber die Art, wie er sprach, so betont sachlich ... Elliot zweifelte keinen Augenblick daran, dass ihn die Wächter auslöschen würden, wenn er nur eine falsche Bewegung machte – wenn er etwa den Inhalt dieses Gespräches weitererzählte. Und es würde sie genauso wenig Mühe kosten wie ein Küken zu zertreten, das gerade aus dem Nest gefallen war. Er erschauerte bei den Bildern, die ihm durch den Kopf schossen.

«So, Elliot. Nun kennst du uns. Und wir kennen *dich*. Wir wissen, dass du nicht irgendjemand bist. Wir wissen, dass du kein Interesse daran hast, einfach nur Zuschauer zu sein. Möglicherweise kennen wir dich besser als du dich selbst.» Richard schwieg einen Moment lang. «Du bist schon halb einer von uns. Wir bieten dir die Chance, diesen Weg zu Ende zu gehen und die Sache perfekt zu machen.»

Die unausgesprochene Frage raubte Elliot den Atem. Am liebsten hätte er sich umgedreht und wäre weggerannt. Aber seine Beine waren wie versteinert.

«Ich sollte vielleicht noch hinzufügen», sagte Richard, «dass wir dir ein außergewöhnliches Angebot machen. Normalerweise werden nur Elftklässler rekrutiert. Aber in diesem Jahr gibt es nur wenige, die der ... Verantwortung wirklich gewachsen sind, obwohl eine Menge Schüler liebend gerne bei den Wächtern aufgenommen werden würden, wie immer. Wir haben zwei Kandidaten, aber einen dritten zu finden gestaltete sich als schwierig. Bis du aufgetaucht bist.»

Die drei schauten zu Elliot hinab. Drei Jungen, die genauso ausgewählt worden waren, wie sie ihn nun auswählten. Auf alle drei war die Wahl gefallen, weil sie auf die gleiche Art und Weise aufgefallen waren wie er.

Aber sie haben alles falsch verstanden. Ich bin nicht wie sie. Ich bin ganz und gar nicht wie sie. Bitte, lass mich aufwachen, lass das nur einen Traum sein ...

Cameron ergriff das Wort. «Die meisten Leute würden es als Auszeichnung betrachten, diese Möglichkeit zu erhalten. Siehst du das ebenso, Elliot?»

Elliot traute sich nicht, etwas zu sagen. Er traute sich nicht einmal zu atmen.

Richard antwortete an seiner statt. «Nein, natürlich empfindet Elliot das nicht als Auszeichnung. Und warum nicht?» Das war eine weitere Scheinfrage. «Weil Elliot genau weiß, dass es sein *Recht* ist, hier zu sein. Er ist dazu geboren. Er braucht uns nicht dankbar zu sein. Er braucht *niemandem* dankbar zu sein.»

Unvermittelt sprang er von der Mauer. Elliot dachte, dass er auf ihn zugehen würde, wie die beiden Male zuvor. Er hielt den Atem an und versuchte das Zittern zu unterdrücken, das sich seiner zu bemächtigen drohte. Die Ader an seiner Schläfe pochte.

Aber diesmal hielt Richard Abstand. «Mein Gott, Elliot, schau dich nur an! Keine Regung, kein Zucken, kein Zwinkern. Du bist wie geschaffen für diese Sache. Du wirst diesen Ort *beherrschen*, und zwar mit links, wenn wir weg sind.»

Elliots Atem bahnte sich den Weg zwischen seinen Zähnen hindurch nach draußen. Das Hemd klebte nass an seinem Rücken. Sein Magen wand sich in Krämpfen.

Richard streckte ihm seine linke Hand mit der Handfläche nach unten entgegen. Wie auf ein geheimes Zeichen hin, sprangen Cameron und Gareth von der Mauer und traten zu ihm. Beide legten ihre linke Hand über Richards.

Und nun warteten sie auf *ihn*.

Er könnte weglaufen. Er könnte *Nein* sagen. Er hatte die Wahl.

Raum und Zeit standen still. Es existierte nichts mehr außer diesen vier Gestalten auf der Lichtung.

Ich habe die Wahl. Nur waren die Auswahlmöglichkeiten leider ziemlich eingeschränkt. Erst recht, wenn man bedachte, was jeden Montag nach dem Training geschah oder in den Toiletten oder überall sonst auf dem Schulgelände. Wenn man sich diese Dinge vor Augen hielt, gab es im Grunde genommen keine Wahl.

Er schaute zu, wie sich seine linke Hand hob und auf

Gareths Hand niederließ. Er schaute zu, wie Richard seine rechte Hand darüber legte. Spürte den Druck. Kalte Haut auf kalter Haut. Er fühlte, wie er sich von allem entfernte, alles hinter sich ließ. Ihm war, als würde dies alles geschehen, ohne dass er einen Anteil daran hatte. *Das ist nicht wirklich. Das ist nur ein Traum. Ich werde aufwachen und merken, dass ich nur geträumt habe.*

Und dann fing die Welt wieder an, sich zu drehen. Er war wirklich, wirklich und wahrhaftig, hier auf dieser Lichtung, in diesem Wald, und es war *seine* Hand – *er* war es. Es war alles real.

Richard verstärkte den Druck und sagte: «Willkommen, Elliot. Willkommen, Wächter.»

10

Willkommen, Wächter.
Ich bin ein Wächter.
Nein. Niemals. Das ist alles gar nicht passiert.
Es ist passiert. Es ist real.
Lass mich aufwachen. Bitte.
Du bist schon wach.

Er würde sich zweimal in der Woche zur «Ausbildung» mit den Wächtern treffen – was ihn erwartete, wusste er noch nicht. Wenn es nötig wurde, dass er mit ihnen in Kontakt trat, sollte er Oliver Nachricht geben. Demselben Oliver, der es nun vermied, Elliot in die Augen zu sehen, und der jetzt ihm gegenüber keine Spur mehr von jener Selbstgefälligkeit und Überheblichkeit erkennen ließ, die er vorher zur Schau gestellt hatte. Der ihn nun mit Respekt behandelte.

Ansonsten nahm das Leben seinen gewohnten Lauf. Die Identität der Wächter wurde streng geheim gehalten, nur ein paar vertrauenswürdige Beobachter wie Oliver bekamen sie je zu Gesicht oder kannten ihre Namen. Für alle, abgesehen von jenen wenigen Auserwählten, war Elliot nach wie vor einfach nur Elliot Sutton, ein durchschnittlicher Neuntklässler, Mitglied der Schwimmmannschaft. Niemand stellte Fragen, niemand bemerkte etwas.

Elliots Gefühl schwankte zwischen Triumph und Elend. Er hatte es geschafft. Es war ihm gelungen, sich anzupassen. Er hatte das Kunststück fertiggebracht, dass man ihn auf die richtige Art und Weise wahrgenommen hatte. Aber auf dem Weg dorthin war etwas Schreckliches passiert – etwas, nach dem er nie verlangt, das er sich nie gewünscht hatte und das er nicht ertragen konnte, das aber erschreckenderweise seine Sicherheit garantieren würde.

Mein Gott, Elliot, schau dich nur an ... Du wirst diesen Ort beherrschen, wenn wir weg sind.

Er wollte nicht herrschen. *Ich will nur überleben.*

Der Zweck der Kontrolle ist die Kontrolle. Der Zweck der Macht ist die Macht. Der Zweck der Folter ist die Folter.

Ich will nicht. Ich kann nicht. Ich bin nicht so.

Du wirst dich daran gewöhnen, flüsterte die leise Stimme.

Am Samstag schreckte er frühmorgens aus einem Albtraum auf. Im Haus war es still. Wieder empfand er das verzweifelte Bedürfnis, sich Raum zu verschaffen – all dem zu entkommen. Und da gab es für ihn nur eine Möglichkeit.

Diesmal nahm er die kleine Filmdose mit. Er erwartete zwar nicht, dass der Junge von letzter Woche wieder da sein würde – *ich an seiner Stelle würde bestimmt nicht kommen* –, aber er wollte sich die Gelegenheit nicht entgehen lassen, die Dose vielleicht doch loszuwerden.

Du hättest sie einfach wegwerfen sollen, flüsterte die Stimme.

Im Laufe der letzten Woche war er öfter nahe daran gewesen, genau das zu tun. Aber jedes Mal hatte ihn etwas zurückgehalten – die Erinnerung an einen Film, den seine Eltern im Urlaub aufgenommen hatten und der bei der Entwicklung vernichtet worden war. Das war vor langer Zeit gewesen. Seine Mutter war in Tränen ausgebrochen.

Er hatte keine Ahnung, was auf dem Film zu sehen war, aber was immer es auch war, er konnte nicht zulassen, dass es zerstört wurde.

Als er eintraf, war das Schwimmbecken menschenleer. Nachdem er ein paar Bahnen geschwommen war, glitt eine zweite Person am flachen Ende ins Wasser und begann auf der am weitesten entfernten Bahn zu schwimmen. Es hätte irgendjemand sein können – aus dieser Entfernung war jeder Schwimmer im Wasser nur ein anonymer Körper –, aber Elliot hatte das starke Gefühl, dass es der Junge von letzter Woche war.

Gemeinsam absolvierten sie siebzig Bahnen. Wer immer es war, hatte eine gute Kondition, dachte Elliot. Er spürte, wie sich seine Laune besserte. Alles andere wäre undenkbar gewesen, so wundervoll war es hier im Wasser. Weich. Harmonisch. Kein Druck. Die Welt war ausgeschlossen.

Elliot brauchte einen Moment, bis ihm auffiel, dass der andere Schwimmer gegangen war. Hektisch kraulte er zum Ende des Beckens und kletterte aus dem Wasser.

Als er in den Umkleideraum kam, sah er, dass er Recht behalten hatte: Es war dieselbe schmächtige, fragile Gestalt, die gerade eine Tasche aus dem Spind zog. Der andere Junge warf Elliot einen ängstlichen Blick zu, machte aber diesmal keine Anstalten wegzulaufen.

Elliot trat an seinen eigenen Spind und nahm die kleine schwarze Dose heraus. Einen Moment lang überkamen ihn Zweifel, fast Panik. Es war lediglich eine Vermutung, dass der

Junge die Filmdose fallen gelassen hatte. Vielleicht gehörte sie ihm gar nicht. *Dann stehst du da wie ein Idiot, nicht wahr? Irgendein Blödmann, der belangloses Zeug zurückgeben will, das dem anderen gar nicht gehört.*

Fast hätte er den Film wieder zurück in den Spind gelegt.

Aber er wollte die Dose nicht ewig mit sich herumschleppen. *Und ich kann sie nicht einfach wegwerfen.*

«He!», rief er dem Jungen zu.

Die Gestalt zuckte wie unter einem Stromschlag zusammen.

«Gehört das dir?», fragte Elliot und hielt die Dose hoch.

Der andere Junge sagte nichts, sondern kauerte sich nur zusammen, als ob er schrumpfen würde.

«Gehört das dir?», wiederholte Elliot, obwohl er wusste, dass der andere Junge ihn bereits beim ersten Mal verstanden hatte.

Die erste und einzige Regel, wenn Ärger im Anzug ist, dachte er. *Nicht hinschauen, nicht sprechen, nicht bewegen. Dann hast du die Chance, dass sie dich in Ruhe lassen. Keine große Chance, aber immerhin eine Chance.* Wenn man auf eine Frage antwortete, war man verloren. *Dann legst du es förmlich darauf an, dass sie dich bemerken.*

Er stellte sich vor, was der Junge gerade dachte. *Antworte ich mit ‹Ja›, wird er die Dose vor meinen Augen zerstören. ‹Oh, das tut mir leid, Elliot, ich bin ausgerutscht.› Wenn ich ‹Nein, die gehört mir nicht› sage, zertritt er die Dose ebenfalls. ‹Nicht? Na ja, Elliot, dann ist dir ja egal, was damit geschieht, nicht wahr?›*

Elliot ging auf den Jungen zu – er fühlte sich nackt und ungeschützt, obwohl außer ihnen beiden niemand im Raum war – und legte die Filmdose in den offenen Spind. Bevor er sich zurückhalten konnte, sagte er: «Ich werde dich nicht anrühren. Ich hab sie nur gefunden, das ist alles. Ich will sie dir einfach zurückgeben. Keine Tricks, okay?»

Lügner. Wenn er sie «nur» gefunden hätte – wenn er nicht da gewesen, nicht zugesehen, nicht *gesehen* hätte, nicht ... *Wenn ich sie ‹nur› gefunden hätte, woher sollte ich dann wissen, wem sie gehört?*

Aber diesmal nickte der Junge – sehr vorsichtig. Es war nicht mehr als eine nervöse Bewegung, als ob er Angst hätte, ein gefährliches Raubtier zu reizen.

Die Stimme sagte: *Schön, jetzt hast du deine Schuld gebüßt. Lass es dabei bewenden.*

Elliot ließ sich Zeit beim Duschen. Er zog sich an und ging hinaus in die frühe Morgensonne. Er dachte daran, was er hätte sagen sollen. *He, ich bin nicht ... ich bin nicht ... nicht ...*

Was? Was hättest du gesagt?

Er stieß fast mit dem Jungen zusammen, der auf dem Bürgersteig stand und wartete.

Sie zuckten beide zurück.

Elliot zögerte. Er wusste, dass er den anderen ignorieren und einfach weitergehen sollte. Aber ein Teil von ihm wollte sagen: *He, ich bin nicht so, wie du denkst. Ich bin nicht so, wie alle an der Schule glauben. Mach nicht den Fehler und beurteile mich nach meiner äußeren Erscheinung.* Was dämlich wäre, jämmerlich, gefährlich. Was er niemals sagen durfte.

Der andere Junge fummelte in seiner Tasche herum und nahm die Dose heraus.

«Ich habe überall danach gesucht. Ich habe geglaubt, ich hätte sie verloren. Ich meine ... Danke. Ich meine ... die meisten Leute hätten ... sie hätten sie einfach weggeworfen.» Die Worte stolperten übereinander. «Da sind die Fotos für den Wettbewerb drauf. Ich dachte schon, dass ich nicht teilnehmen könnte oder sie alle noch mal aufnehmen müsste, und ich wollte ...» Er hielt inne. «Woher wusstest du, dass die Dose mir gehört? Ich meine, ich hab dich noch nie im Fotoclub gesehen ...» Wieder schwieg er und wurde rot. «Entschuldige, ich wollte nicht ... Ich meine ... ich ... Es spielt ja keine Rolle oder so. Ich wollte nur, dass du weißt ...»

Die Zurschaustellung von Dankbarkeit des anderen war Elliot peinlich. Er sagte kurz angebunden: «Ich dachte, es wäre vielleicht wichtig, das ist alles.» Aufmerksam schaute er sich um. Er wollte nicht gesehen werden, wie er mit einem Jungen sprach, der nicht nur eine Klassenstufe unter ihm war, sondern auch noch auf der «Liste» der Wächter stand. Glücklicherweise war die Stadt so früh an einem Samstagmorgen wie ausgestorben.

«Alles in Ordnung», sagte der Junge nervös, als ob er Elliot beruhigen wollte. «Es ist niemand in der Nähe. Nie ist jemand in der Nähe. Ich meine ... ich meine, ich habe nie jemanden ...» Er hob die Hand, um seine Haare zu glätten. «Ich hätte mich duschen sollen. Ich war in Eile. Ich wusste nicht, wer du bist. Ich meine ... Ich bin Ben.» Er beendete seine Ansprache genauso abrupt, wie er begonnen hatte.

Er wirkte wie ein verängstigtes Kaninchen, das nervös hin und her springt. Elliot schaute sich noch einmal um. Es war gefährlich, so für jedermann sichtbar herumzustehen. Er sagte und hoffte, dass – wie hieß er doch gleich? – Ben seine Botschaft begriff: «Nun, ich gehe dann mal besser.»

«Willst du die Fotos sehen?»

Elliot starrte ihn an. «Was?»

«Willst du die Fotos sehen?» Die Worte sprudelten aus Bens Mund hervor, als ob er sie nicht zurückhalten könnte. «Du kannst mitkommen und sie dir ansehen, wenn du willst. Mit zu mir nach Hause, meine ich. Es wird nicht lange dauern, sie zu entwickeln. Ich habe eine Dunkelkammer. Das heißt, nur wenn du willst ...»

Elliot glaubte, sich verhört zu haben. Waren sie etwa noch im Kindergarten? *Willst du mit mir spielen? Soll ich dir meinen Hamster zeigen?*

Nein. Niemals. Das war genau die Sorte Junge, mit der er nichts zu tun haben wollte. Irgendein ängstlicher Wurm, der verzweifelt nach jemandem suchte, der ihn nicht zu Brei schlagen würde.

«Nur, wenn du willst.»

In derselben Geschwindigkeit, in der Ben sich vom schweigsamen Angsthasen in einen verbalen Wasserfall verwandelt hatte, schaltete Elliots Gehirn um. Er überlegte, was er sonst zu tun hatte. Er hatte es nicht eilig, nach Hause zu kommen, jedenfalls nicht, wenn seine Eltern gemeinsam im Haus waren. Die Alternative war ein sinnloses Herumhängen vor den Schaufenstern, was er normalerweise am Samstag tat. Und obwohl dieser Typ, Ben, der letzte Mensch auf Erden war, mit dem er gesehen werden wollte, war in diesem Moment nun einmal niemand anderes da. Und wenn sie zu ihm nach Hause gingen, würde niemand sie sehen ...

Mach, dass du wegkommst!

Ben lebte am anderen Ende der Stadt – dort, wo die Reichen wohnten. Während in anderen Vierteln ein schäbiges

Backsteinhaus dem anderen glich und jeder Vorgarten aus einem briefmarkengroßen Stück Rasen bestand, war hier alles groß und weitläufig. Viktorianische Häuser erhoben sich, halb versteckt, hinter hohen Mauern oder winterlich kahlen Bäumen und undurchdringlichem Gebüsch.

Unruhig betrachtete Elliot die oberen Stockwerke. In seinen Gedanken standen dort Menschen hinter den großen Fenstern und beobachteten ihn, ohne dass er sie sah. Soweit er wusste, lebten ein Dutzend Schüler des Holminster Gymnasiums in dieser Gegend. Jemand konnte ihn erkennen. Mehrmals war er nahe daran, eine Ausrede zu erfinden, um sich davonzumachen, aber jedes Mal hielt er seinen Mund bei dem Gedanken an die Alternativen und an Bens bettelnde Überredungsversuche, die ein solcher Schritt unweigerlich nach sich ziehen würde.

Ben wohnte in einer Straße namens Regency Avenue. Elliot schätzte, dass leicht drei Häuser aus dem Lawnacre Drive in Bens Haus passten, ohne dessen Wände auch nur zu berühren. Die Diele war mindestens halb so groß wie sein eigenes Wohnzimmer. An den Wänden hingen gerahmte Aquarelle, polierte Porzellanteller und eine antike Uhr, die dumpf und gemessen tickte.

Der Reichtum machte ihn unsicher. Und das hier war erst der Anfang. *Das Geld, das in diesem Haus stecken muss ...*

Bens Mutter eilte aus dem hinteren Teil des Hauses herbei und wischte sich die mehlbestäubten Finger an einem Küchenhandtuch ab. In dem knöchellangen Kleid und mit ihren langen, rotbraunen Haaren, die sie mit Haarnadeln am Hinterkopf zusammengesteckt hatte, wirkte sie irgendwie altmodisch, obwohl sie nicht älter war als Elliots Mutter.

Sie beugte sich zu Ben hinab, der unter dem Kuss, den sie ihm auf den Kopf drückte, wegtauchte. Dann wandte sie sich Elliot zu.

«Es ist so *schön*, dich kennenzulernen.» Er gewann den Eindruck, dass sie sich beherrschen musste, um ihn nicht zu umarmen. Warum um aller Welt war sie so begeistert von ihm? Sie kannte ihn doch gar nicht.

«Und wie heißt du? Wie darf ich dich nennen?»

Wie darf ich dich nennen? «Ähm ... Ich heiße Elliot.»

«Wundervoll. Oh, das ist wundervoll. Es ist einfach herrlich, dass Ben endlich einmal einen Freund mit nach Hause gebracht hat. Ich habe schon befürchtet ...» Sie unterbrach sich. «Ich habe schon befürchtet, dass sich Ben meiner schämt.»

Sie lachte, um Elliot zu zeigen, dass sie nur scherzte. Höflich fiel er in ihr Lachen ein und fragte sich, ob sie den wahren Grund kannte, warum Ben niemals Freunde mitbrachte. *Es ist schwer, Freunde nach Hause einzuladen, wenn man keine hat.*

Im oberen Stockwerk erstreckte sich ein endloser, mit Teppich ausgelegter Flur. Ben blieb vor der ersten Tür stehen und drehte sich um. «Sie weiß es», sagte er bedrückt. «Nur für den Fall, dass es dich interessiert.» Jetzt, da er sich auf vertrautem Terrain bewegte, wirkte er anders: älter, nicht mehr so hektisch. «Sie ist überzeugt davon, dass es sich nur um eine Phase handelt, aus der man irgendwann herauswächst. Eine Phase, in der man keine Freunde hat. Ich habe noch nicht herausgefunden, ob sie mich dabei meint oder die anderen.»

«Vielleicht beides», sagte Elliot. Er war nicht sicher, ob er seine Antwort als Witz gemeint hatte, aber Ben lachte, und er fiel mit ein. Dann wurde ihm übel. Vor ein paar Minuten hatte er Bens Mutter gegenüber die Rolle eines höflichen Gastes gespielt, und jetzt riss er einen sehr persönlichen, aber nicht sonderlich komischen Witz mit Ben, als ob sie gute Freunde wären, die nur ein bisschen Spaß haben wollten. Dabei hatte er vor ein paar Wochen dabeigestanden und zugesehen, wie derselbe Ben zutiefst gedemütigt wurde. Und schlimmer noch: Möglicherweise war er gezwungen, dasselbe wieder zu tun. *Willkommen, Wächter.* Er war der *Feind.*

Welche der Rollen, die er spielte, entsprach der Realität? War irgendeine davon echt? Wie sollte er das wissen?

Ben stieß die Tür auf.

Elliot sah Fotografien. Überall.

Jedes Fleckchen von Bens Zimmer – die Wände, die Decke, die Tür – war mit Fotos bedeckt. Ein paar davon waren in Farbe, aber die meisten waren Schwarzweißaufnahmen. Sie hingen übereinander, rangen um Platz; ein Bild war über einem Dutzend anderer befestigt. Von Elliots Standpunkt aus wirkte das ganze Zimmer wie ein einziges Kunstwerk – eine riesige, dreidimensionale Leinwand, beladen mit einer Million Schattierungen aus Schwarz und Weiß und Grau. Die wenigen Farben dazwischen machten ihre generelle Abwesenheit nur noch intensiver.

Intensiv – das war das Wort. Der Anblick zog ihn magisch an. Er konnte nicht widerstehen. Bei näherem Hinsehen erkannte er, dass jeder Teil des Ganzen ein Bild für sich war und gleichzeitig jedes dieser Bilder zu anderen in Beziehung gesetzt worden war, sodass sie, obwohl jedes Foto eigenständig war, eine Einheit aus Linien, Formen und Schatten ergaben. Er war sprachlos, dass jemand über das Talent und die Vorstellungskraft verfügte, so etwas zu erschaffen.

Er betrachtete einige der Einzelbilder. Seinen Augen bot sich jedes nur vorstellbare Motiv – kahle, einfarbige Landschaften, auf denen weißer Nebel vor grauen Strukturen waberte. Eine Radkappe, in deren glänzend polierter, gewölbter Oberfläche sich ein auf dem Kopf stehender Kirchturm spiegelte. Ein halb abgerissenes Haus, dessen eine Seite bereits dem Erdboden gleich gemacht worden war und in dessen Innerem man die Räume sehen konnte – komplett eingerichtet mit Sesseln, Betten und den Leitungen. Ganz gewöhnliche Dinge, aber eingefangen auf eine Art und Weise, die ihnen Substanz und Bedeutung verlieh – ungewöhnlich, wunderbar, solide und wahrhaftig zugleich.

Endlich löste sich Elliot von den Fotos und schaute Ben an, der immer noch mit einem seltsamen Ausdruck auf dem Gesicht im Türrahmen stand: Eine Mischung aus Stolz, Hoffnung und ... etwas anderem. Ben betrat sein Zimmer. «Was hältst du davon?» Seine Stimme gab nichts preis.

Elliot drehte sich wieder um und schaute noch einmal hin. Seine Augen wurden überall gleichzeitig hingezogen. «Ich würde sagen ... Ich würde sagen: *Wow!*»

Ben blieb still.

«Hast du die alle selbst gemacht?» Elliot konnte es kaum fassen. Die Fotos waren einfach zu gut. Fantastisch. Wie aus einem Hochglanzmagazin oder einer Kunstgalerie. «Du hast nicht viele Farbfotos gemacht», sagte er. «Magst du keine Farben?»

Ben warf sich auf sein Bett und legte sich auf den Rücken.

Einen Moment lang schwieg er. Dann hob er den Kopf. «Ich mag Schwarz und Weiß.» An der Art, wie er es sagte, erkannte Elliot, dass er nicht weiter in ihn dringen sollte.

Es wurde still im Raum, aber das Schweigen war nicht unangenehm.

Plötzlich fragte Ben: «Und was machst du?»

«Was meinst du damit? Ob ich auch ein Superfotograf bin oder so was?»

«Ja.»

«Nein, fotografieren kann ich nicht besonders gut. Ich lese ganz gern.» Es konnte kaum schaden, Ben diese Tatsache anzuvertrauen. «Und ich schwimme. Aber das war's auch schon.»

Ben sagte: «Ich schwimme auch gern. Ich meine, es ist nicht nur so, dass ich es mag. Das war auch der Grund, warum ich ... obwohl du da warst ... verstehst du, ich *muss* einfach gehen. Es ist der einzige Ort, an dem ich ...» Er brach ab.

Aber Elliot wusste, was er sagen wollte. *Es ist der einzige Ort, an dem ich entfliehen kann.*

Willkommen im Club, dachte er.

Er bemerkte ein gerahmtes Foto auf dem Schreibtisch gegenüber dem Bett. Es zeigte Kopf und Schultern eines Mannes, vielleicht in den Vierzigern, in Uniform. Er trug eine Schirmmütze mit einer silbernen Litze auf der Vorderseite. Sein Gesicht war ruhig und strahlte Autorität aus. Das Gesicht eines Mannes, der gewohnt war zu befehlen. Er sah Ben überhaupt nicht ähnlich.

«Ist das dein Dad?»

Kurze Pause. «Ja.»

«Ist er bei der Air Force?»

«Ja. Er war.» Pause. «Er war Pilot.»

«Das muss ziemlich cool sein.»

Keine Antwort.

Er drehte sich um. Ben zog etwas unter seinem Bett hervor: einen flachen Karton. Er kramte darin herum, stand auf und hielt ein paar staubige rote Boxhandschuhe in die Höhe.

«Er war so cool, dass er mir die zu meinem zwölften Geburtstag geschenkt hat.»

Die Handschuhe waren lächerlich groß, wie für einen Riesen gemacht. Elliot schätzte, dass seine eigenen Hände zweimal hineinpassten und er immer noch Platz hätte.

Ben fuhr mit dem Finger über das Leder und hinterließ einen roten Streifen inmitten des grauen Staubs. «Er hat früher für seine Universität geboxt, als er in Oxford war. Und er hat viele Kämpfe bestritten, bevor er zur Air Force gegangen ist. Nur als Amateur, aber er hat einige Pokale gewonnen.» In seiner Stimme schwang widerwilliger Stolz, als ob er nicht wusste, ob er sich darüber freuen sollte oder nicht.

Er zog eine zweite Linie, parallel zur ersten. Er malte langsam und bemühte sich um größtmögliche Präzision. «Er wollte, dass ich mit dem Boxen anfange. Dass ich in seine Fußstapfen trete – na, du weißt schon. Er meinte, das würde einen Mann aus mir machen. Als ich ihm erklärte, dass ich es nicht tun würde, dachte ich, er würde mich schlagen.»

«So ... tja ...» Elliot zögerte. Er befürchtete, sich auf gefährliches Terrain zu begeben. Er schaute auf die Wand voller Fotografien. «Aber er hat dir auch die Kamera geschenkt, nicht wahr?»

Ben schüttelte leicht den Kopf. Er starrte wie gebannt auf die Boxhandschuhe. «Die hab ich von meiner Mum. Er war

… ziemlich sauer deswegen. Er wollte nicht, dass ich sie bekam. Ich habe gehört, wie sie sich deswegen gestritten haben. Er meinte, ich wäre sowieso schon ein Muttersöhnchen, ein Weichei, ein Feigling, aus dem nie ein richtiger Mann werden würde. Und all das, nur weil ich mich nicht von irgendjemandem verprügeln lassen wollte, der so ein paar dämliche Handschuhe trägt.»

Elliot fühlte sich nicht wohl in seiner Haut. Er hätte nichts von alledem zugegeben, was Ben ihm gerade anvertraut hatte, schon gar nicht jemandem gegenüber, den er kaum kannte. Solche Gedanken behielt er für sich. Selbst wenn ihm jemand zugehört hätte – diese Dinge waren einfach nicht für die Öffentlichkeit bestimmt. Auf keinen Fall.

«Die Handschuhe waren das Letzte, was er mir geschenkt hat», fuhr Ben fort. Er sprach sowohl zu Elliot als auch zu sich selbst. «Drei Monate später wurde er getötet.»

Es dauerte eine Weile, bis das Wort das Schweigen durchdrang: *getötet*.

«Das tut mir leid.» Elliots Bemerkung klang falsch, abgedroschen.

«Schon gut. Ich hab mich dran gewöhnt.» Ben drehte die Handschuhe hin und her. «Er war sowieso kaum da. Meistens ein Wochenende im Monat. Mir war es auch lieber so. Wir sind nie miteinander klargekommen.» Ohne Vorwarnung schleuderte er die Boxhandschuhe an die Wand. Sie prallten schlaff ab und fielen auf den Teppich, fett und grotesk.

«Wir sind nie miteinander klargekommen», wiederholte er leise. Er schob sich an Elliot vorbei, hob die Handschuhe auf und verstaute sie in der Kiste, die er wieder unter das Bett schob. «Ich dachte, ich würde ihn hassen. Ich habe mir oft gewünscht, er würde nie zurückkommen.» Mit seinem Arm fuhr er sich ungestüm über die Augen. «Ich hatte manchmal diesen Traum, dass er in irgendeinem neuen Krieg kämpfen muss, der irgendwo ausgebrochen ist. Sie berichten es in den Nachrichten: Er wurde abgeschossen. Mein Dad, der Held, gefallen im Kampf. Gefallen. Tot. Und dann stirbt er während eines Manövers.»

Er wandte sich ab.

Elliot wusste nicht, was er sagen sollte. Er war schockiert und schämte sich gleichzeitig, weil ihm Bens Offenheit peinlich gewesen war. Aber da war noch etwas anderes. Er musste an die Schimpfwörter denken, mit denen er seinen Vater in Gedanken beleidigt hatte. An die vielen Momente, in denen er sich gewünscht hatte, dass er nach Hause kommen und den Fernseher nicht hören würde, nicht den Kopf seines Vaters über die Sessellehne hinausragen sehen müsste, wenn er am Wohnzimmer vorbeikam.

Er hatte sich gewünscht, sein Vater wäre *tot*. Genauso wie Ben. Aber Bens Wunsch war in Erfüllung gegangen. *Was würde ich tun, wenn mir das Gleiche passieren würde?*

Aber andererseits war ihm sein Wunsch bereits gewährt worden, nur dass dies geschehen war, bevor er diesen Wunsch überhaupt ausgesprochen hatte.

Der grimmig lächelnde Mann auf dem Foto auf Bens Schreibtisch und der Mann mit dem Dreitagebart, der teilnahmslos auf den Fernseher starrte, hatten nichts gemeinsam. Ihrer beider Väter waren so verschieden gewesen.

Aber sie waren beide tot.

Diese Tatsache schuf eine merkwürdige Verbindung zwischen ihnen.

Seine Gedanken wurden unterbrochen. «Elliot?» Ben hielt die Filmrolle in der Hand. Unsicher fragte er: «Willst du mir helfen, ihn zu entwickeln?»

Elliot verbrachte den Rest des Morgens damit, alles über Belichtungszeiten, Filmkörnung, Kontaktabzüge und Fixierung zu lernen. Dabei beobachtete er fasziniert, wie auf wundersame Weise Bilder auf einem weißen Blatt Papier entstanden, ins Leben gerufen durch ein paar Chemikalien, deren Geruch Elliot Kopfschmerzen verursachte. Die meiste Zeit standen sie in Bens enger Dunkelkammer, die nur durch eine rote Glühbirne beleuchtet wurde. Es war die perfekte Umgebung, um nachzudenken und miteinander zu reden – über Unverbindliches, Ungefährliches, Dinge, die nicht wehtaten. Gelegentlich fragte ihn Ben, was er von dieser Aufnahme oder von jenem Blickwinkel hielt, von dieser Schattierung oder von jenem Hintergrund. Oder aber sie arbeiteten in einvernehmlichem Schweigen, weil nichts gesagt werden musste.

Ein paar Stunden zuvor hätte Elliot es sich unmöglich vorstellen können, dass ihm eine Situation wie diese – eine völlig normale Situation – vergönnt sein würde. Jetzt schien es ihm so, als ob das, was sich im Wald abgespielt hatte, unwirklich war, eine Ewigkeit lang her, unwichtig. Das Gefühl, das er dabei empfand, konnte er nicht genau einordnen, aber es war voller Licht und Wärme und Glück.

Es war ein gutes Gefühl.

Ben spülte das letzte Foto des Films ab und knipste dann das Licht an. Nach dem dämmrigen Schimmer des Rotlichts, bei dem sie in den letzten Stunden gearbeitet hatten, wirkte die

Deckenbeleuchtung wie ein Scheinwerfer und Elliot musste blinzeln, weil ihm die Augen wehtaten.

«Wenn du nächsten Samstag wieder kommen willst, habe ich sicher neue Fotos, die wir entwickeln können», sagte Ben.

Seine Worte stießen Elliot abrupt wieder in die Wirklichkeit zurück. *Am nächsten Samstag. Oh mein Gott! Was ist mit der Schule am Montag? Er wird annehmen, dass wir die Pausen gemeinsam verbringen. Wie konnte ich nur so dumm sein?*

Dumm, dumm, dumm, zischte die Stimme.

«Natürlich nur, wenn du willst», sagte Ben schnell. «Ich wollte nicht ...»

Wie sage ich es am besten?, dachte Elliot. *Wie sagt man: ‹Hör zu, es ist nichts Persönliches und deine Fotos sind ganz fantastisch, aber ich will dich in der Schule nicht in meiner Nähe sehen, weil du den Elliot zerstören würdest, den ich gerade mit so viel Mühe erfunden habe?›*

«Ich weiß nicht», antwortete er ungeschickt. «Ich bin noch nicht sicher, was ich am Samstag machen werde ... du weißt schon ...» Seine Gedanken rasten. Verzweifelt suchte er nach Möglichkeiten, wie er Ben in der Schule aus dem Weg gehen konnte. Ben war ein Jahr unter ihm, also war der Unterricht kein Problem. Aber überall sonst ...

Dumm. Dumm. Dumm.

«Ich meinte nur den Samstag, nicht irgendwann sonst», erklärte Ben. «Ich erwarte nicht ... Ich erwarte nicht, dass irgendjemand es riskieren möchte, mit mir gesehen zu werden. Nicht solange ich ... auf der Liste stehe.»

Elliot spürte, wie er rot wurde. Waren seine Gedanken so offensichtlich gewesen?

Ben schaute zu Boden. «Ich bin's gewohnt», sagte er. «Ich wollte nur ..» Er wandte sich ab und fing an, die Becken abzuwischen, damit Elliot sein Gesicht nicht sehen konnte.

Elliot schaute sich die Fotos an, die an einer Schnur zum Trocknen hingen.

Das Schweigen dauerte an.

11

Elliot erwachte keuchend vor Angst. Sein Herz fühlte sich an, als wollte es jeden Moment den Brustkorb sprengen, so nah und so real erschien ihm sein Traum noch immer. Er rang nach Atem und sog die Luft mit der Verzweiflung eines Ertrinkenden ein.

Als die Dunkelheit schließlich wich und er das schwache Leuchten des grauen Vierecks ausmachen konnte – sein Fenster –, wurde ihm klar, dass er wach war und im Bett lag. Langsam legte sich seine Panik. Seine Atmung kam zur Ruhe und sein Herz entspannte sich.

Es dauerte immer noch mehrere Minuten, bevor er in der Lage war, sich zu bewegen. Seine Shorts und sein T-Shirt waren schweißnass und klebten ihm am Körper. Er schob die Bettdecke zur Seite und zog sich mühevoll aus. Dann glitt er zurück ins Bett. Die Nachtluft kühlte seine heiße Haut, und er zitterte.

Autoscheinwerfer erleuchteten kurz das Zimmer, und instinktiv hielt er nach dem Schimmelfleck Ausschau. Die Decke war leer. Eine Sekunde lang kehrte die Panik zurück, bevor er sich daran erinnerte, dass er sich nicht mehr in der Wohnung befand.

Der Traum kauerte gefährlich nahe neben ihm. Er war noch nicht bereit, sich wieder zurück ins Unterbewusstsein saugen zu lassen. Er musste ihn ablenken, musste die Leere in seinem Bewusstsein ausfüllen, an etwas anderes denken, um zu verhindern, dass er wieder Besitz von ihm ergriff. *Denk an etwas Sicheres.*

Im Geist wandte er sich den Ereignissen der letzten paar Wochen zu, sortierte, pickte Fäden heraus, schob zur Seite.

Er hatte geglaubt, dass er den alten Elliot einfach zurücklassen und ein anderer werden könnte, indem er sich neu erfand. Aber die Wirklichkeit hatte sich als viel komplizierter erwiesen. Zum einen gab es nicht nur einen einzigen «alten» Elliot, sondern mindestens zwei: den Elliot, der er gewesen war, bevor sein Vater überfallen wurde, und den Elliot, zu dem er danach geworden war. Und er hatte auch nicht nur einen einzigen «neuen» Elliot erschaffen. Jede Beziehung, auf die er sich einließ – die zu den Wächtern, zu Ben, zu seinen Eltern – verlangte, dass er eine andere Maske trug, eine andere Persönlichkeit zur Schau stellte.

Er war dabei, sich in viele verschiedene Elliots aufzuspalten – Elliots, die sich unter gar keinen Umständen begegnen durften –, und er hatte keine Ahnung, wie lange er sie noch beherrschen – oder auseinanderhalten – konnte.

Er dachte an den Elliot, der er war, wenn er mit Ben zusammen war – den Elliot, der dieses Geheimnis unter allen Umständen bewahren musste. Er besuchte Ben mittlerweile jeden Samstagmorgen. Er war sich nicht sicher, ob sie sich als Freunde bezeichnen durften oder ob sie einfach zwei Menschen waren, die auf der Suche nach einem Ausweg diesen vorübergehend in dem jeweils anderen gefunden hatten. Manchmal glaubte er, dass dieses Verhältnis für sie eine Art

Schonzeit bedeutete, eine Atempause von dem, was tagtäglich in Holminster vor sich ging. Aber mehr nicht. An anderen Tagen war er sich dessen nicht so sicher, besonders wenn er an seine alten Freunde dachte und an das, was er mit ihnen unternommen hatte – das Sportzentrum, Kino, ein Picknick im Park. Alles, was er sicher wusste, war, dass er sich mit Ben einem normalen Leben am nächsten fühlte – falls man überhaupt noch irgendetwas als normal bezeichnen konnte.

Gewöhnlich verbrachten sie den ganzen Morgen in der Dunkelkammer. Ben arbeitete ständig an irgendeinem Projekt oder nahm an einem Wettbewerb teil. Oft redeten sie miteinander: über die Fotos, die sie entwickelten, über Fotografie im Allgemeinen, über das Schwimmen, über nichts Besonderes. Manchmal schwiegen sie, aber auch das war in Ordnung. Keiner von ihnen erwähnte das Holminster Gymnasium oder die Wächter. Es war, als ob die Dunkelkammer und die Schule – und mehr und mehr auch Elliots Zuhause – verschiedenen Dimensionen des Universums angehörten.

Ben hielt sein Wort. Von Montag bis Freitag machte er keinen Versuch, mit Elliot zu reden oder sich ihm zu nähern. Ab und zu sah Elliot in den Pausen, wie Ben von einer Ecke zur anderen huschte – so kam es Elliot jedenfalls vor –, von Schatten zu Schatten, von einem Versteck zum anderen. Als ob ihm das etwas nutzen könnte. Nichts konnte einem helfen, wenn man einmal auf der Liste stand.

Verschiedene Dimensionen des Universums. Leider lagen diese Dimensionen so nahe beieinander, dass sie sich fast berührten. Und die Ereignisse der einen hatten Konsequenzen in der anderen.

Wie zum Beispiel letzten Samstag. Im Hallenbad konnte Elliot nicht umhin, einen rotbraunen Bluterguss an Bens Oberarm zu bemerken. Als sie zusammen zu Ben nach Hause gingen, war Ben unruhiger als sonst, hatte es eilig und schaute sich ständig um. In der Dunkelkammer wirkten seine Bewegungen abgehackt und langsam, während er die Chemikalien vorbereitete, als ob er das noch nie gemacht hätte.

Als Elliot nach oben griff, um Fotopapier aus einem Regal zu ziehen, stieß er versehentlich gegen ihn.

«Auh!» Ben ließ die offene Flasche Fixierer fallen, den er in ein Plastikbecken hatte schütten wollen. Die Flüssigkeit breitete sich rasch aus, bedeckte bald den kleinen Arbeitstisch, durchnässte einen Stapel gewöhnlichen Papiers und tropfte auf den Boden, wobei sich ein unerträglich scharfer Dunst ausbreitete.

Ben starrte auf die Schweinerei und hielt sich mit einer Hand den Arm, während seine andere Hand sich zur Faust ballte und langsam wieder öffnete.

«Alles in Ordnung?», fragte Elliot nervös.

Er erhielt keine Antwort.

«Ben?»

Ben sah so aus, als würde er gleich anfangen zu weinen. Seine Augen glänzten, sogar im dämmrigen Licht der roten Glühbirne.

«Ich hole etwas Zeitungspapier und wisch es auf», sagte Elliot und ging auf die Tür zu. Er wollte raus aus der Enge der Dunkelkammer, weg von dem atemberaubenden Gestank der Chemikalien. Und er wollte weg von Ben. Wenn Ben anfing zu weinen, wäre das für sie beide peinlich gewesen.

«Lass das.»

Elliot erstarrte. Er kannte diese Stimme. Schrill. Scharf. Bereit zu brechen und zu zersplittern. Er hatte sie nur noch nie aus Bens Mund gehört. Vorsichtig sagte er: «Ich dachte, Zeitungspapier könnte helfen, das ist alles.»

«Ich will keine Hilfe.» Ben wischte mit dem Arm über seine Augen. *«Ich will keine Hilfe»*, sagte er noch einmal. Er schaute Elliot nicht an. *«Ich will keine Hilfe. Ich will nur in Ruhe gelassen werden. Wenn man mich in Ruhe lassen würde, wäre alles in Ordnung.»*

Elliot versuchte gar nicht erst, noch irgendetwas zu sagen. Ihm war klar, dass Ben über Dinge redete, die überhaupt nichts mit verschüttetem Fixierer zu tun hatten.

Eine eisige Stille breitete sich in der Dunkelkammer aus.

Ben holte tief und zitternd Atem. Ließ ihn langsam wieder entweichen. «Tut mir leid», erklärte er. «Das war kindisch.» Wieder rieb er sich die Augen.

«He», sagte Elliot leise. Und dann tat er etwas, das er noch nie zuvor getan hatte – etwas, das er vermutlich auch nie getan hätte, wenn er lange genug darüber nachgedacht hätte. Er streckte seine Hand aus und drückte dem anderen Jungen sanft die Schulter. Sofort zog er seinen Arm zurück und fragte sich, ob er das Richtige getan hatte. Aber er hätte nicht einfach nichts tun können – das wäre schlimmer gewesen, als falsch zu handeln.

Ben zuckte unter der Berührung zusammen. Dann sagte er mit bebender Stimme: «Danke.»

Sie räumten das Durcheinander auf. Es war keine große Sache. Aber der Vorfall hatte Elliot bewiesen, wie dicht die verschiedenen Welten nebeneinander lagen – wie leicht sie kollidieren konnten, wenn er sich nicht in Acht nahm, wenn er einmal vergaß, die passende Maske aufzusetzen.

An anderen Tagen war er Elliot der Gleichgültige. Das war seine Verkleidung für die Schule und die Wächter. *Setz die Maske auf. Spiel deine Rolle. Überlebe.*

Denn darum geht es schließlich, dachte er. *Man muss mitspielen, um zu überleben.* Ihm war eine Rolle zugeteilt worden, und sein Schicksal hing davon ab, dass er sein Bestes gab, um seinen Part möglichst erfolgreich zu spielen. Eine Weigerung wäre einem Todesurteil gleichgekommen.

Bevor er seine Ausbildung bei den Wächtern begonnen hatte, hatte er nicht so gedacht. Aber er lernte, die Welt mit anderen Augen zu betrachten. Richard behauptete sogar, dass darin der wichtigste Teil seines Trainings bestand. Nicht in den Details, zum Beispiel wie man Beobachter rekrutierte oder Opfer für eine Bestrafung auswählte – auch das war wichtig, aber nur zweitrangig. Alles ergab sich von selbst, wenn man in der Lage war, die Dinge richtig zu sehen.

Seine Gedanken schweiften zu einer Trainingsstunde, die zwei Wochen zurücklag. Er war mit Richard allein gewesen.

Es war spät geworden, und das Tageslicht verblasste zusehends. Eine Brise strich durch das Laub der Bäume am Rand der Lichtung.

Richard erklärte ihm, wie man «die Menge führte» – so nannte er es jedenfalls. Wie immer während des Unterrichts schien er fast mehr zu sich selbst zu sprechen als zu Elliot. Stets war sein Blick auf einen Punkt in der Ferne gerichtet, war seine Stimme leise und ruhig.

«Du hast vielleicht bemerkt, dass die Bestrafungen erst im Februar wieder begonnen haben. Das war nicht immer so – früher fanden sie das ganze Jahr lang statt. Aber dann ist mir etwas aufgefallen. Direkt nach Weihnachten kommen solche Aktionen bei den Leuten nicht an. Sie sind nicht in der Stimmung dafür. Sie fühlen sich weich und schlapp und sind noch voll mit friedlich-fröhlichem Weihnachtsgedudel. Sie gehen zwar hin, aber … nein. Sie halten sie für etwas völlig Normales. Das ist nicht gut.

Und deshalb gibt es ein ganzes Halbjahr lang keine großen Strafaktionen. Erst fällt es den Leuten gar nicht auf. Aber schließlich werden sie unruhig. Eine kleine Prügelei hier und da ist ja ganz nett, aber sie wollen etwas Großes. Sie *gieren* nach Blut. Wenn das erste Halbjahr vorbei ist, *betteln* sie förmlich darum. Und erst dann geben wir es ihnen.

Beherrsche die Massen, Elliot. Das ist es, was du lernen musst. Beobachte sie. Verstehe sie. Füttere sie. Aber pass auf, dass du nie die Kontrolle über sie verlierst. Gib ihnen nie einfach nur das, was sie wollen. Lass sie darauf warten. Lass sie dich darum anflehen. Bring sie dazu, dass sie dir *dankbar* dafür sind, dass du es ihnen gibst. Lass niemals zu, dass sie dich als eine Selbstverständlichkeit betrachten. Beherrsche die Massen, Elliot. Sie dürfen niemals *dich* beherrschen.»

Richard brach ab. Einen Moment lang schwieg er. Dann sagte er. «Was wirst du tun, wenn du mit der Schule fertig bist, Elliot?»

Elliot schüttelte den Kopf. Dieses Ereignis war so unvorstellbar weit weg. «Darüber habe ich noch nicht nachgedacht.»

Richard runzelte die Stirn. «Das solltest du aber. Es ist

wichtig, dass Menschen wie wir unsere Zukunft planen.» Immer noch schaute er über Elliots Kopf hinweg auf einen weit entfernten Punkt. «Ich habe Pläne. Pläne, um Macht zu gewinnen. Ich weiß, dass man da draußen nur auf die richtige Person wartet. Holminster hat mich das gelehrt – die Wächter haben mir das beigebracht. Das ist der Grund, warum es so wichtig ist – für mich, für dich und für jeden anderen –, dass sie weiter existieren.»

Elliot stand da und hörte zu, ohne wirklich zu begreifen.

«Ich möchte dir erzählen, was mein Vater am Ende eines Tages tut, Elliot. Er kommt nach Hause, schenkt sich einen Whiskey ein und berichtet mir, wie viele Füße er geküsst und wie viele Ärsche er gewischt hat, wie oft er ... Und weißt du was?» Richards Stimme wurde weich und so sanft wie ein Raubtier, das im nächsten Moment seine Beute reißt. «Er genießt es. Ja, wirklich. Das ist seine Vorstellung von einem guten Leben.»

Er starrte Elliot an, als ob er den Abstand zwischen ihnen überwinden, als ob er nach ihm greifen wollte. Es war eine Geste ohne Angst, ohne Schmerz, ohne Wut, sondern nur der Wunsch, mit einem Gleichgesinnten eine Verbindung einzugehen und Elliot deutlich zu machen, dass sie beide auf einer Stufe standen. «Aber das ist nichts für *uns*, Elliot. Wir denken nicht so. Die Wächter lehren uns, dass wir anders sind. In diesem Moment, an diesem Ort, in dieser Zeit gibt es *niemanden*, der mächtiger ist als wir. Das ist der Grund, warum die Wächter existieren: um uns begreifen zu helfen, wie das Leben funktionieren kann.»

Elliot hätte sich gerne bewegt. Sein Nacken schmerzte und sein Gesicht tat weh, weil er sich krampfhaft bemühte, die

Maske aus distanzierter Aufmerksamkeit aufrechtzuerhalten und damit seine umherrasenden Gedanken zu verbergen. Aber er konnte sich nicht rühren; Richard hatte ihn gepackt, als ob er ihn wirklich und wahrhaftig mit seinen Händen festhalten würde.

«Aber mach nicht den Fehler zu glauben, dass die Erkenntnis, dass wir anders sind, irgendeinen Unterschied macht. Wir sind bereits die, die wir lernen zu sein. Und wir helfen allen anderen zu begreifen, was sie sind. Denk immer daran. Es ist nämlich nicht so, dass wir zuerst da waren – *Holminster hat uns erschaffen*. Die Gewalt, die Bestrafungen, die Opfer – all das war schon vor uns da. Egal, wie man es nennen will, es existierte bereits, bevor die Wächter auf der Bildfläche erschienen. Alles, was die Wächter tun, ist, sich dieses Etwas zunutze zu machen. Vergiss das nicht, Elliot. Wir haben die Macht, weil wir den Leuten zeigen, was sie sind. Wir zwingen niemanden. Wir erschaffen nichts. Wir decken nur auf, was da ist.»

In Elliot dämmerte ein erschreckendes und vages Gefühl von Wahrheit. Es trat aus dem Schatten hervor – eine strahlende, kalte und gnadenlose Erkenntnis. Und als das Licht kam, geschah etwas: Etwas tief in seinem Innern, das bereits vor langer Zeit auf einem kalten Kachelboden gestorben war, starb erneut. *Warum sich die Mühe machen, zu widerstehen?*

«In *1984* gibt es nichts, was irgendjemand ändern kann – außer der Art und Weise, wie man denkt. Hat man erst einmal gelernt, die Dinge so zu akzeptieren, wie sie sind, ist alles viel leichter. Genauso, wie alle in Holminster akzeptieren, dass wir ihnen ihren Platz in der Gesellschaft zuweisen. Das ist nämlich viel leichter, als Widerstand zu leisten.

Ich will, dass du an einigen Strafaktionen teilnimmst. Schau dir die Gesichter an. Du wirst es mit eigenen Augen sehen. Und wenn du es erst einmal gesehen hast ...»

Die Menge hinter der Hütte war völlig bewegungslos.

Die einzigen Geräusche stammten von den beiden Jungen in der Mitte des Kreises: Fäuste auf Fleisch, nackte Füße gegen Haut, abgehackte Atemzüge, kurzes Stöhnen oder gequälte Seufzer, Laute des Schmerzes, der verursacht und ertragen wurde.

Elliot schaute aufmerksam zu und erkannte, dass der Kampf, obwohl er hinterhältig war, bestimmten Regeln folgte. Es gab keine Schläge oberhalb der Schulter oder unterhalb des Magens, keine Hiebe auf den Kopf, nichts, das eine ernsthafte Verletzung, wie zum Beispiel gebrochene Knochen, nach sich ziehen konnte. In Holminster wurde die Gewalt in engen Schranken gehalten. Sie wurde mit Vorsicht angewendet, kontrolliert und geregelt.

Auch die Menge schaute gebannt hin und verfolgte jeden Schlag, jedes Stolpern, jede Bewegung innerhalb des Kreises. Gelegentlich hörte Elliot ein scharfes Einatmen, das sofort unterdrückt wurde. Falls das nicht geschah, verlangte die Menge umgehend mit einem Zischen nach Ruhe.

Der Kampf war schnell vorbei. Der jüngere der beiden Kämpfenden blieb auf dem Boden liegen. Die Menge wurde unruhig, war hungrig, erwartungsvoll.

Der Sieger sagte grob: «Auf die Knie!»

Der Verlierer gehorchte mit gesenkten Augen.

«Jetzt küss mir die Füße. *Los!*»

Elliot schaute um sich. Alle Gesichter waren wie gebannt,

heiß vor Erregung und hässlich verzogen. Ungeduldig warteten sie auf den Todesstoß. Was dachten sie? Dachten sie überhaupt etwas?

Wenn es schon passieren muss, dann wenigstens nicht mir.

Er dachte, dass er eigentlich etwas empfinden müsste, aber das Einzige, was er spürte, war eine dumpfe Kälte, eine leere, erschöpfte Gleichgültigkeit.

Dann war alles vorbei und die Macht, die alle zusammengehalten hatte, löste sich auf. Die Menge zerstreute sich, bis nur noch der Loser übrig blieb, der barfuß auf dem Rasen kniete. Er schaute auf und sah, dass Elliot ihn beobachtete. Wenn sein Gesicht überhaupt etwas ausdrückte, dann war es eine Spiegelung von Elliots eigenem Gemütszustand: leer, müde und ergeben. Ohne Eile zog er sich seine Socken und Schuhe an und humpelte davon.

Hat man erst einmal gelernt, die Dinge so zu akzeptieren, wie sie sind, ist alles viel leichter.

Etwas veränderte sich, dachte Elliot. Er lernte, seine Emotionen beiseite zu schieben, sie tief in sich zu vergraben, wo sie ihn nicht stören konnten. Sein Inneres verhärtete sich; aus weichen Innereien und sanftem Blut wurde kalter, unbeweglicher Stahl. Er zuckte nicht länger zurück und versteckte sich auch nicht mehr vor der wirklichen Welt. Aber die Angst verließ ihn nicht. Die ganze Zeit war er sich ihrer bewusst. Sie wartete nur darauf, hoffte inständig, zum Leben erweckt zu werden, eine Gelegenheit zum Ausbruch zu erhalten. – So wie heute.

«Bitte setz dich, Elliot.» Der Schulleiter ließ sich in seinen schwarzen Ledersessel fallen.

Elliot setzte sich auf den gepolsterten Lehnstuhl vor dem

Schreibtisch. Die Metallkante unter der Polsterung schnitt ihm in die Kniekehlen. Er fühlte sich unbehaglich. Seine Hände waren feucht. Die Wanduhr verschluckte die Sekunden mit einem leisen, gedämpften Ticken.

Der Schulleiter lächelte. Seine Gesichtszüge waren sehr glatt und so weich, dass es aussah, als sei ihm lediglich eine lächelnde oder eine ernste Miene möglich. «Weißt du, warum ich dich heute hergebeten habe?»

Elliot schüttelte den Kopf. «Nein ... Sir.»

Wieder lächelte der Schulleiter. Beide Mundwinkel zogen sich gleichmäßig nach oben, ohne dass sein Gesicht Falten schlug.

Elliot schluckte. Die Luft in diesem Büro schmeckte trocken und abgestanden. Wollte ihn der Schulleiter auf die Probe stellen? Hoffte er, dass er sich selbst verriet? Er merkte, dass er mit den Händen rang, und hielt sie still.

«Ich habe mich umgehört, Elliot. Habe mit deinen Lehrern gesprochen, ein bisschen herumgefragt, meine Ohren offen gehalten.»

Elliot wappnete sich. *Jetzt kommt's.*

«Die Leute halten sehr viel von dir, Elliot. Große Stücke, um die Wahrheit zu sagen. Du bist höflich, nimmst aktiv am Schulleben teil, bekommst gute Noten und bist beliebt. Das ist auch der Grund, warum ich mir tatsächlich vorstellen kann, dass du keine Ahnung hast, warum ich dich gerufen habe. Es tut mir leid, wenn ich dich beunruhigt habe.»

Ganz vorsichtig entspannte sich Elliots Körper. Vielleicht hatte diese Unterredung gar nichts mit den Wächtern zu tun. Instinktiv schaute er zum Fenster, von wo aus eine Ecke der kleinen Hütte zu sehen war.

«Ich habe dich rufen lassen, Elliot, weil ich glaube – und ich nehme dieses Wort nicht leichtfertig in den Mund –, dass du sowohl in der Lage als auch gewillt bist, mir eine ehrliche und aufrichtige Antwort auf die Frage zu geben, die ich dir gleich stellen werde.»

Sei vorsichtig, zischte die leise Stimme Elliot zu. *Sei sehr vorsichtig.*

Der Schulleiter schaltete sein Lächeln ab. Er lehnte sich vor und verschränkte seine Hände auf der Tischplatte, als ob er beten wollte. Wie Richard es ihm geraten hatte, konzentrierte sich Elliot auf die Stelle zwischen den Augen des Schulleiters.

Der Mann ihm gegenüber hustete. «Es gibt Gerüchte, dass sich im Holminster Gymnasium Kräfte breitgemacht haben, die man nur als … als eine Gang bezeichnen kann. Eine Form von organisierter Einschüchterung, wenn du es so willst, bei der schwächere Schüler regelmäßig körperlich misshandelt werden. Nun, allein der Gedanke, dass so etwas in Holminster passiert, ist verabscheuungswürdig – und ich glaube nicht einen Moment daran. Aber ich bin mir im Klaren, dass manchmal bedauernswerte Ereignisse vorkommen, die das Kollegium nicht – oder nicht sofort – wahrnimmt. Und das ruft dich auf den Plan, Elliot.»

Elliots Augen bohrten sich in die Stirn des Schulleiters.

«Kannst du mir, nach bestem Wissen und Gewissen, sagen, ob dieses Gerücht auch nur ein Körnchen Wahrheit enthält? Kein Rauch ohne Feuer, wenn du weißt, was ich meine. Hat irgendjemand irgendetwas zu dir gesagt, hast du irgendetwas gesehen, das darauf hindeuten könnte, dass so etwas geschieht? *Irgendetwas …?*»

Während der gesamten Ansprache hatte Elliot sich in Gedanken seine Antwort zurechtgelegt. Er schaute dem Schulleiter in die Augen und erklärte im Brustton der Überzeugung und mit einem federleichten Kopfschütteln: «Nein.» Seine Augen glitten ein Stück tiefer. «Darüber weiß ich nichts. Gar nichts.»

Das reicht. Zu viele Worte könnten ihn auf den Gedanken bringen, dass du nervös bist.

Der Schulleiter betrachtete ihn einen Augenblick lang. Dann entspannte sich sein Mund, und er lehnte sich in seinem Sessel zurück. «Danke. Das ist alles, was ich wissen wollte. Ich konnte mir auch nicht vorstellen, dass irgendetwas in dieser Art an einem Ort wie Holminster stattfindet, aber du wirst sicher verstehen, dass ich dem nachgehen musste.»

Elliot nickte – nicht zu viel, nur gerade genug, damit der Schulleiter erkannte, dass Elliot seine Besorgnis zu schätzen wusste.

«Ich freue mich, dass du dich in Holminster so gut eingelebt hast, Elliot. Das ist eine Bereicherung, sowohl für dich als auch für die Schule.»

Es dauerte noch fünf Minuten, bevor er entlassen wurde. Er hatte noch genügend Zeit, zur Toilette zu gehen, sich in einer Kabine einzuschließen, vor der Kloschüssel niederzuknien und sich zu übergeben.

Er war jetzt hellwach. Er schlüpfte aus dem Bett und zog sich frische Unterhosen und ein T-Shirt an. Plötzlich packte ihn das Verlangen nach heißer Schokolade. «Der-vier-Uhr-morgens-Trost», so hatte seine Mutter früher heißen Kakao genannt. Als sein Vater im Krankenhaus lag und später, nachdem er nach Hause gekommen war, wachten sowohl Elliot als auch seine Mutter oft frühmorgens auf – oder gaben den Versuch auf, einschlafen zu wollen –, gingen hinunter in die Küche und warteten darauf, dass der Tag begann.

Das hatten sie seit Langem nicht mehr gemacht. Nicht, seit er in die neue Schule gekommen war.

Nicht, seit er die Wächter getroffen hatte.

Er tapste nach unten, ging in die Küche und setzte das Wasser auf. Es kochte schon fast, als er ein Geräusch an der Tür hörte und seine Mutter in die Küche kam. Sie war schon fertig angezogen für ihre Frühschicht in der Putzkolonne – es musste später sein, als er gedacht hatte.

Sie unterdrückte ein Gähnen. «Konntest du nicht mehr schlafen?»

«Nein ... ich dachte, wenn ich etwas trinke ...»

«Heiße Schokolade – das hilft bestimmt.» Sie stand schon im Türrahmen, hielt dann aber inne. «Alles in Ordnung bei dir? Du siehst so ... ich weiß nicht, so seltsam aus.»

Er verspürte das unbändige Verlangen, ihr alles zu erzählen. Sie wäre erschrocken, entsetzt und wütend, aber wenigstens würde dann noch jemand anderer darüber Bescheid wissen. Aber er konnte es nicht tun. Er wollte nicht derjenige sein, der ihre Hoffnungen auf einen «neuen Anfang» zerstörte. Außerdem gab es nichts, was sie hätte tun können.

«Elliot? Ich habe dich gefragt, ob alles in Ordnung ist.»

Er hielt ihren Blick fest, ganz der gewiefte Lügner, zu dem er mittlerweile geworden war, und merkte wieder einmal, wie alt sie aussah. «Alles bestens. Geh schon, sonst kommst du zu spät.»

Sie war nicht überzeugt. «Hör zu, wenn dich irgendetwas

bedrückt und du das Gefühl hast, dass du nicht darüber reden kannst ...» Sie zögerte. «Veränderungen deines Körpers oder etwas Ähnliches, dann möchte ich, dass du weißt, dass du damit jederzeit zu mir kommen kannst. Versprich mir das, ja?»

«Mum, mir geht es gut. Hör auf, dir Sorgen zu machen. Ich bin okay.»

Er sah ihr an, dass sie nicht gehen wollte, aber Gott sei Dank schaute sie auf ihre Uhr und öffnete die Eingangstür. Wenn sie zurückkam, hatte sie die Sache hoffentlich vergessen.

Der Wasserkocher hatte sich abgeschaltet und dampfte leicht vor sich hin. Elliot machte das Licht aus und ging wieder nach oben. Der Gedanke an heiße Schokolade verursachte ihm Übelkeit.

12

Er bemerkte das Mädchen, das im Flur auf ihn zukam, erst, nachdem er mit ihr zusammengestoßen war und ihre Bücher in hohem Bogen auf den Boden geworfen hatte. Instinktiv bückte er sich, um sie aufzuheben.

Er erstarrte. Ein Buch war mit der Vorderseite nach oben gelandet. Auf dem Einband war kein Bild zu sehen, nur der Titel und der Name des Autors standen da in großen, spöttischen Buchstaben, die wie die Schlagzeilen einer Klatschzeitung aussahen: *1984. George Orwell.*

«Na, entschuldige mal ...»

Er schaute auf. Nahm das Gesicht des Mädchens wahr: ungeduldige dunkle Augen, die ihn feurig und ohne Scham ansahen, Mundwinkel nach unten gezogen, lange schwarze Haare, die sie nun mit einer schnellen, ungeduldigen Bewegung hinter die Ohren strich. Und dann sah er ihre ausgestreckte Hand.

«Entschuldigung.» Er stand auf und wollte ihr das Buch geben, aber er konnte seinen Blick nicht von dem Umschlag lösen. *Du solltest es lesen*, hatte Richard gesagt, aber Elliot war innerlich davor zurückgeschreckt. Was Richard ihm davon erzählt hatte, hatte ihn davon überzeugt, dass er gar nicht mehr darüber wissen wollte.

«Ach du lieber Himmel!» Sie riss ihm das Buch aus der Hand. «Das ist ein Buch, falls du es noch nicht bemerkt hast. Du weißt schon, viele kleine Dinger, die man *Buchstaben* nennt, aus denen viele kleine Dinger geformt sind, die man *Worte* nennt und die viele größere Dinger bilden, die *Sätze* heißen, aus denen dann das entsteht, was man gewöhnlich mit *Geschichte* bezeichnet.» Wütend blätterte sie durch die Seiten. «Und jetzt weiß ich nicht mehr, wo ich aufgehört habe zu lesen. *Und* du hast den Rücken geknickt. Ist es dir jemals in den Sinn gekommen zu schauen, wohin zu gehst?»

Ihre beißende Stimme vertrieb den Schock. Er wollte schon sagen: «Und wie wär's, wenn *du* besser aufpasst, wohin du gehst?» Doch in dem Moment funkelte sie ihn wieder an, und ihre Augen trafen sich eine Sekunde lang. Er schloss den Mund. Ihre Augen nahmen ihn gefangen: Sie waren von einem wunderschönen, glühend-dunklen Grün, so ausdrucksstark, dass er unwillkürlich an tiefe Brunnen reiner Farbe denken musste.

Sie starrten einander an. Unvermittelt zogen sich ihre Mundwinkel nach oben, und sie fing an zu kichern. Es war ein Kichern, wie er es noch nie zuvor gehört hatte – nicht mädchenhaft, keinesfalls kindisch, sondern ein Versprechen von Lachen und Fröhlichkeit aus dem tiefsten Innern ihres Seins.

«Ich hab schon ein ziemlich loses Mundwerk», sagte sie. «Willst du mir keine Retourkutsche geben?»

Er konnte immer noch nicht sprechen. Ihre Augen, die jetzt woanders hinschauten, ihr Lachen, ihr plötzlicher Stimmungswechsel – das alles entwaffnete ihn. Sie strich über den Umschlag des Buches. «Tut mir leid», sagte sie. «Ich habe es nicht so gemeint – du weißt schon, als ob du nicht wüsstest, was ein Buch ist. Ich weiß, dass du's weißt – was ein Buch ist, meine ich.»

Er hatte keine Ahnung, wovon sie redete. *Warum stehe ich hier? Ich sollte einfach weitergehen.* Aber aus irgendeinem Grund – vielleicht war es die Erinnerung an ihre Augen, an dieses Lachen – rührte er sich nicht von der Stelle. Stattdessen fragte er: «Ähm, kennen wir uns?»

Ihr Lächeln verblasste. «Oh ... na ja, ich bin ... wir sind zusammen im Englischkurs. Bei Mrs. Davidson. Ich sitze ganz vorne links.»

Er konnte sich nicht daran erinnern, sie schon einmal gesehen zu haben, aber andererseits hatte er auch keinen Grund aufzupassen, wo ein Mädchen – irgendein Mädchen – saß. Abgesehen von einem gelegentlichen Schwatz auf der Bowlingbahn hatte er mit Mädchen nämlich rein gar nichts zu tun. Die Wächter und ihre Aktivitäten waren Jungen vorbehalten. Außerdem hatte er viel zu viel im Kopf, was ihn beschäftigte, und zu viele Identitäten zu wahren, auch ohne dass er sich auf jemand anderen einließ.

Er schüttelte den Kopf. «Ich kann mich nicht erinnern, tut mir leid.»

«Macht nichts.» Eine leichte Röte verdunkelte ihre Wangen. Oder vielleicht bildete er sich das nur ein. Sie schob ihre Haare zurück. «Hast du's gelesen?»

«Entschuldigung – wie bitte?» Er konnte nicht aufhören, sich zu entschuldigen, obwohl es dafür überhaupt keinen Grund gab.

«*1984* – hast du's gelesen? Weil du so fasziniert draufgeschaut hast, und da dachte ich ...» Jetzt gab es keinen Zweifel mehr: Sie wurde rot.

«Ähm, nein», stammelte er. «Nein, es sah nur irgendwie interessant aus. Das ist alles. Ein ungewöhnlicher Umschlag.» *Lügner.*

Er merkte, dass sie mittlerweile allein auf dem Flur standen. Die Glocke hatte geläutet, und die meisten Schüler waren nach Hause gegangen. Aber er empfand immer noch einen sonderbaren Widerwillen davor, sich zu bewegen, als ob ihn eine unsichtbare Macht hier festgebunden hätte – sie beide. Das Band zu zerstören hieße den Bann zu brechen. Er war sich nicht sicher, ob er das tun wollte.

«He! Was macht ihr beiden noch hier?»

Er zuckte erschrocken zusammen. Es war einer der Hausmeister, der sich die Gelegenheit, jemanden zusammenzustauchen, nicht entgehen lassen wollte. *«Raus hier, aber schnell, bevor ich euch melde.»*

Gemeinsam traten sie hinaus in die warme Nachmittagssonne. Sie fing an, die Bücher in ihre Tasche zu stecken, zögerte dann und hielt ihm das Buch hin. «Ich leihe es dir aus, wenn es dich interessiert. Ich hab es schon ein paar Mal gelesen.»

Das Letzte, was er wollte, war eine ständige Erinnerung an die Wächter auf seinem Bücherregal. Schnell schüttelte er den Kopf. «Nein ... nein, danke.»

Seine Antwort war abweisender ausgefallen als beabsichtigt. Ihr Gesicht verschloss sich, und innerlich verfluchte er sich für seine Ungeschicktheit. *Warum regst du dich auf?*, flüsterte die Stimme. *Du kennst sie doch kaum.*

Er ignorierte die Stimme und zerbrach sich den Kopf, wie er seine Schroffheit wiedergutmachen konnte. «Es ist nur so, dass ich im Moment so viel zu tun habe. Ich bin immer noch dabei, *Mosquito Coast* zu lesen.» Seine Entschuldigung klang lahm, obwohl es ausnahmsweise einmal die Wahrheit war.

Ihre Augen wanderten blitzschnell über sein Gesicht. Ihre Stirn war leicht gerunzelt, ihr Mund unentschlossen, ob er lächeln sollte oder nicht. Es war ein weiterer Stimmungswechsel, so wie ihr Sprung von glühendem Zorn zu perlendem Gelächter. Er fragte sich, in welcher Laune sie sich normalerweise befand. Diese plötzlichen Veränderungen wirkten rätselhaft anziehend auf ihn.

Seine Gedanken verstörten ihn. Er fühlte sich atemlos und schwindelig. Die einzige Gewissheit, an der er sich festhalten konnte, war die Tatsache, dass sie ihm vor fünf Minuten beinahe eine Ohrfeige verpasst hätte.

Schließlich nickte sie. «Ich glaube dir. Wenn dir *Mosquito Coast* gefällt, solltest du auch *Herz der Finsternis* lesen, wenn du damit fertig bist. Es ist von Joseph Conrad, falls du das nicht weißt.» Sie lächelte und nahm ihren Worten damit die Schärfe.

Er empfand eine ungeheure Erleichterung darüber, dass es ihm gelungen war, die Situation wenigstens teilweise zu entspannen.

«Also, bis Montag», sagte sie und wandte sich zum Gehen.

«Ähm, klar. Bis Montag.»

Er sah ihr nach, wie sie über den Schulhof und durch das Tor davonging, das Buch immer noch in der Hand. Er fühlte sich komisch: unbehaglich, nervös, aber auch erregt. Etwas hatte sich ereignet – zunächst im Flur und dann hier, auf dem Schulhof. Er war nicht sicher, was es war, ob es anhalten würde, und wenn ja, ob das eine gute oder eine schlechte Sache wäre.

Das Gefühl verließ ihn das ganze Wochenende lang nicht, auch nicht als er schwamm und später mit Ben eine Fotomontage für einen Wettbewerb entwarf. Ein paar Mal schaute Ben ihn mit seltsamem Blick an, als ob er etwas sagen wollte, aber er tat es nicht. Elliot war froh darüber. Dies war keine Angelegenheit, über die er sprechen wollte, andererseits hatte er aber auch kein Verlangen danach, schon wieder zu lügen.

Er wusste nicht, ob dieses Gefühl eine Art Angst war – oder etwas völlig anderes.

Am folgenden Montag war die eine Hälfte von ihm davon überzeugt, dass sie ihn bereits vergessen hatte und ihn demzufolge nicht beachten würde. Seine andere Hälfte fragte sich unruhig, wie er reagieren sollte, wenn sie ihn nicht vergessen hatte und ihn in aller Öffentlichkeit ansprechen würde.

Wie sich herausstellte, tat sie weder das eine noch das andere. In der ersten Doppelstunde hatte er Englisch, und sie begrüßte ihn mit einem leichten, freundlichen Nicken, als er hereinkam, machte aber keine weiteren Anstalten, ihn zu einem Gespräch zu ermutigen. Als er zu seinem Platz ging, schaute er über die Schulter zu ihr hin, aber sie drehte sich nicht um.

In gewisser Weise war er erleichtert. Er hatte keine Ahnung, was er hätte sagen sollen. Aber gleichzeitig hatte er Schwierigkeiten, sich auf den Unterricht zu konzentrieren. Normalerweise machte ihm Englisch Spaß, aber heute zermarterte er sich eine Stunde lang das Gehirn, was er gesagt hätte, wenn sie ihn angesprochen hätte.

Die Tatsache, dass er kein Wort mit ihr gewechselt hatte,

sie aber dennoch nicht aus dem Kopf bekam, ärgerte ihn, verwirrte, beunruhigte und erregte ihn den ganzen Tag lang. *Warum um alles in der Welt kümmert es mich, was sie von mir denkt? Warum ist es mir wichtig, ob sie überhaupt an mich denkt?* Es war ja nicht so, dass er besonders scharf darauf war, sich mit ihr anzufreunden – mit ihr oder irgendeinem anderen Mädchen.

Als der Nachmittag sich dem Ende zuneigte, hatte er sich eingeredet, dass er sich die ganze Sache nur eingebildet hatte. Nichts war am Freitag zwischen ihnen passiert. Er war mit ihr zusammengestoßen, sie hatte ihn beschimpft, er hatte ihr das Buch zurückgegeben und das war alles. Dann sah er sie aus der Tür zu dem Gebäude mit den Rauchglasfenstern kommen, in dem die Bibliothek und der Computerraum untergebracht waren. Plötzlich hatte er das Gefühl, dass eine Horde Hummeln in seinem Bauch hin und her sausten, und er eilte über den Rasen, um sie abzufangen.

«Oh, hallo», sagte sie. Ihre Stimme klang warm und freundlich, aber nicht überrascht. Fast so, dachte er, als hätte sie erwartet, dass er nach ihr Ausschau hielt, als hätte sie es so eingefädelt, dass er ihr ausgerechnet hier begegnete, an genau diesem Ort zu genau dieser Zeit. Er war versucht, sie mit dieser Vermutung zu konfrontieren, hielt sich aber noch rechtzeitig zurück, weil ihm klar war, wie verrückt sich das anhören würde.

Sie stand da und strich sich eine Haarsträhne hinters Ohr. Ihre Haltung war erwartungsvoll, aber nicht auffordernd. Es lag bei ihm, den ersten Schritt zu machen. Sie gab ihm eine Chance, aber sie half ihm nicht dabei.

Schließlich sagte er: «Du bist nicht leicht zu finden.»

Sobald er die Worte ausgesprochen hatte, wollte er sie sich wieder in den Mund stopfen. *Was für ein blöder Spruch! Als ob ich irgendein geschniegelter Machotyp in einem Film wäre und wir gerade die erste Hälfte des Streifens damit verbracht hätten, Katz und Maus miteinander zu spielen. Du Idiot!*

Sie hob leicht ihre Augenbrauen, verlagerte das Gewicht des kleinen Rucksacks, den sie über der Schulter trug, und sagte: «Ich war mir nicht bewusst, dass es eine Regel gibt, nach der ich mich für irgendjemanden zur Verfügung halten müsste. ‹Du sollst immer greifbar sein, für den Fall, dass dich jemand sucht›, oder so ähnlich.»

Er errötete, peinlich berührt. «Tut mir leid. So habe ich das nicht gemeint.» Aber sie hatte nicht ärgerlich geklungen, lediglich amüsiert und leicht spöttisch.

Er kämpfte um seine nächsten Worte und dachte daran, wie sie das, was er sagen würde, aufnehmen und interpretieren würde. Er fing an über *Herz der Finsternis* zu reden, das er am Wochenende angefangen hatte zu lesen, verstummte aber dann, als ihm klar wurde, wie lächerlich er sich anhörte. Erst pöbelte er sie an, beschuldigte sie sogar, und dann erzählte er irgendwelches belangloses Zeug. Und in seinem Hinterkopf keimte der Gedanke, dass wenn irgendjemand sie sah – sie beide zusammen –, Richard es erfahren würde. Nicht, dass es Richard oder irgendjemand anderen etwas anging. Und wenn schon? Aber trotzdem ...

Ihr Mund entspannte sich plötzlich zu einem Lächeln, und sie gab dieses wundervolle Kichern von sich. «Du siehst aus, als würdest du im Beichtstuhl sitzen und darauf warten, dass ich dir die Absolution erteile», sagte sie. Ihre Augen funkelten übermütig. «Ganz verkrampft und verschämt.»

Hitze zog in seine Wangen, und er spürte, wie sein Gesicht noch röter wurde.

Sie sagte: «Ich wohne in der Park Avenue, falls das zufällig auf deinem Weg liegt. Möglicherweise gestatte ich dir, mich nach Hause zu begleiten, wenn du Lust dazu hast. Übrigens, ich heiße Louise.»

Er war sich genau des Augenblicks bewusst, in dem Louise ihn nicht länger verwirrte und beunruhigte, sie und ihre theatralischen und unvorhersehbaren Stimmungswechsel – einmal lebhaft und sorglos ihre Meinung über alles und jeden kundtuend, im nächsten Moment ärgerlich und beißend sarkastisch, dann wieder überschäumend kichernd, und das alles oft innerhalb von fünf Minuten. In diesem Augenblick wusste er, dass er in sie verliebt war.

An jenem Montagnachmittag hatte er sie nach Hause begleitet und zwei Tage später ebenso. Er brachte sie jeden Nachmittag, an dem er nicht zur Ausbildung bei den Wächtern war, bis zu ihrer Straße. Meistens blieben sie im Park stehen, um die Enten zu beobachten, die sich um Brotkrumen stritten, und um miteinander zu reden.

Er liebte es, ihr zuzuhören. Es war völlig egal, worüber sie redete: über Politik, Musik, Kunst, Bücher. Was immer es war, über alles wusste sie Bescheid, und sie sprach so selbstbewusst, so mühelos, so leidenschaftlich. Manchmal wurde sie in seinen Gedanken zu einer Akrobatin – graziös, gelenkig und stark –, die durch die Luft wirbelte, im freien Raum schwebte und sich immer sicher war, dass sie das Trapez greifen konnte, dass sie niemals fallen würde. Ein anderes Mal sah er sie als Schwertkämpferin: schnell, unvermittelt, unberechenbar, mit blitzschnellen Bewegungen; sie tänzelte, täuschte an, stach zu, und niemals gab sie auch nur einen Fußbreit Boden nach.

Sie war alles, was er nicht war. Es kam ihm so vor, als wäre er in eine neue, vibrierende, fröhliche Welt geworfen worden, in der man suchen und staunen und sich frei bewegen konnte. Wenn er mit ihr zusammen war, ihr zuhörte, beschleunigte sich sein Atem; die Welt drehte sich schneller. Er war wie belebt, wurde einfach mitgerissen.

Dann, eines Tages, brach sie mitten im Satz ab und schaute ihn mit einem leicht verärgerten Gesichtsausdruck an. «Hast du eigentlich keine *eigene* Meinung?»

«Was meinst du damit?»

Sie seufzte ungeduldig. «Seit zwei Wochen sitzt du nur da wie ein Ölgötze und sagst zu allem Ja und Amen, was ich von mir gebe. Ich habe dir gerade erzählt, dass man bei jedem Menschen über sechzig automatisch Euthanasie anwenden sollte – und du hast zugestimmt! Ich glaube, ich könnte sagen, was ich wollte, du würdest immer dazu nicken. Du bist genauso schlimm wie diese schrecklichen Hunde, die in den Autos auf der Hutablage sitzen und ständig mit dem Kopf wackeln.»

Er erkannte, dass sie Recht hatte. Gelegentlich murmelte er ein paar Worte, aber nur, wenn er mit dem, was sie sagte, übereinstimmte – was die meiste Zeit der Fall war – oder aber, wenn sie ihn fragte, ob er das nicht genauso sähe – was den Rest der Zeit der Fall war. Das Problem war, dass ihm seine eigenen Gedanken und Vorstellungen neben den ihren völlig belanglos vorkamen. Sich ihrem messerscharfen Urteil zu unterwerfen wäre schrecklich für ihn. Es würde seine Seele zerstören.

Sie blieb stehen. «Schau mich an», befahl sie.

Ihr Gesicht war streng, aber gleichzeitig verwirrt und traurig. Sie standen nahe beieinander. Die Straße, in der sie gingen, lag still vor ihnen. Seine Brust verengte sich. *Sie ist so schön. Ich habe sie bis zu diesem Moment gar nicht richtig angeschaut. Ich liebe ihre Augen, den sanften Schwung ihrer Wangen. Ich liebe alles an ihr ...*

Sie sprach leise, um den Zauber des Augenblicks nicht zu zerstören. «Erzähl mir etwas. Etwas über dich. Etwas, das du liebst. Denk nicht daran, was ich darüber denken könnte. Erzähl's mir einfach.»

Er konnte diese Bitte genauso wenig ablehnen, wie er die Wärme ignorieren konnte, die ihn in diesem Moment durchströmte. Aber er konnte nicht aussprechen, was in ihm brannte, weil er keine Ahnung hatte, was sie für ihn empfand. Er wusste nicht, ob sie mehr von ihm wollte, als mit ihm spazieren zu gehen und zu reden. Er hatte Angst, dass er etwas Kostbares zerstörte, wenn er jetzt aussprach, was er dachte. Und so griff er auf das einzige andere zurück, an dem sein Herz hing.

Stammelnd, zögernd und mit klopfendem Herzen sagte er: «Weißt du noch, was du gesagt hast, wie dir zumute ist, wenn du liest? Du hast erzählt, dass Bücher nicht nur aus Worten und Papier bestehen, sondern dass sie ganze Welten wären. Dass du, wenn du liest, eigentlich nicht liest, sondern auf Entdeckungsreise gehst, dass du auf die Figuren zugehst, sie kennenlernst, Freud und Leid mit ihnen teilst, alles miterlebst, was mit ihnen geschieht. Und du hast gesagt, dass du dabei alles andere vergisst, sogar dich selbst, dass nichts sonst mehr eine Rolle spielt. Und dann schlägst du das Buch zu und weißt etwas, was du vorher noch nicht gewusst hast, kannst aber nicht sagen, was genau das ist.»

Es war der längste Monolog, den er je in ihrer Gegenwart gehalten hatte. Louise sagte nichts. Sie hörte ihm mit all ihren Sinnen zu.

«Ich glaube ...»

Er hatte Louises eigene Worte benutzt, um ihr zu sagen, was er nie zuvor gewagt hatte zuzugeben. Er hatte es immer als Geheimnis betrachtet, dessen er sich schämen musste, als ungehörige, verbotene Gedanken und Sehnsüchte, wunderschön und vollkommen in der Abgeschlossenheit seines eigenen Geistes und seines Körpers, aber nicht dazu da, um ausgesprochen zu werden, weil man ihm hätte sagen können, dass es falsch war, hässlich und sündhaft. Und jetzt hatte er es Louise erzählt – aber es ging nicht länger um Bücher und um das Lesen. Es ging um sie. Er hatte die Gefühle beschrieben, die er empfand, wenn er bei ihr war, hatte ihr gestanden, dass sie ein buntes Funkeln in seinem Leben aus Schwarz und Weiß und Grau war, dass er eine völlig neue Welt betrat, wenn sie zusammen waren, dass ihn ein unbeschreibliches Glücksgefühl erfüllte, bis er glaubte zu explodieren, und dass etwas anders in ihm war, wenn sie sich trennten, er aber nicht wusste, was oder wie es geschehen war.

«Ich glaube ... das ist es, was ich liebe.»

Immer noch war sie es, die die meiste Zeit redete. Aber er hatte sich einen Ruck gegeben und war überzeugt davon, dass er in Zukunft mehr tun konnte, als ihr uneingeschränkt zuzustimmen. Ein- oder zweimal war er von sich selbst überrascht, weil er einen Gedanken spontan aussprach, ohne darüber nachzudenken – dann redete er voller Erregung und gestikulierte lebhaft. Die Ideen sprudelten nur so heraus, sprangen frei herum. Wenn das geschah, wurde er unsicher und schwieg, weil er Angst hatte, dass er Unsinn erzählte.

Dann tadelte sie ihn vorwurfsvoll, mit einer Mischung aus Ungeduld und Traurigkeit. In diesen Momenten wurde er von dem Verlangen ergriffen, alle Bedenken über Bord zu werfen und sich ihr zu öffnen, die Maske herunterzureißen und ihr alles zu erzählen. Aber das durfte er nicht tun. Immer noch befürchtete er, dass sie ihren beißenden Spott über ihn ergießen und ihn mit ihren hohen Maßstäben aburteilen würde und ihn jämmerlich und bemitleidenswert fände.

Schlimmer noch: Er hatte panische Angst, dass ihn seine Schwäche Louise gegenüber bloßstellen und verwundbar machen könnte. Er konnte es sich nicht erlauben, die Elliots, die er erschaffen hatte, sich selbst zu überlassen. Sie bedurften ständiger Aufsicht, Aufmerksamkeit, Korrekturen, Verbesserungen. Wenn er nicht auf der Hut war, konnte es erschreckend leicht geschehen, dass er das Falsche sagte, unangemessen reagierte und nicht mehr wusste, welcher Elliot er gerade war. Wenn das jemals geschehen würde, wenn sich die Wege der verschiedenen Elliots jemals kreuzen sollten, wenn die Maske, die er den Wächtern gegenüber aufsetzte, auch nur eine Sekunde ins Rutschen geriet ... Dann gäbe es keine Gnade. Er würde vernichtet werden.

Er durfte auf keinen Fall zulassen, dass das passierte. Nicht einmal Louise zuliebe.

13

«Elliot, bitte warte noch einen Moment.»

Die Übrigen aus dem Englischkurs verschwanden gut gelaunt durch die Klassentür nach draußen. Elliot fragte sich, was Mrs. Davidson von ihm wollte. Es konnte nichts Ernstes sein, schließlich hatte er immer gute Arbeit abgeliefert und nie den Abgabetermin für seine Aufsätze verpasst, wenn er sich auch in letzter Zeit nicht mehr so viel Mühe gegeben hatte. Er hatte zu viel anderes im Kopf: die Wächter, Ben, Louise. Die Beaufsichtigung all der verschiedenen Personen, zu denen er geworden war, erforderte seine ganze Aufmerksamkeit. Er war so mit seinen Elliots beschäftigt, dass er sogar den Aufsatz, den er für Mrs. Davidson schreiben sollte, erst am Abend zuvor fertig gemacht und ihn nicht mehr auf Fehler durchgesehen hatte. Das war normalerweise nicht sein Stil. Gewöhnlich legte er sehr viel Wert auf das, was er schrieb, las es sich aufmerksam durch und prüfte kritisch, ob der Text wirklich das aussagte, was er meinte.

Mrs. Davidson wartete, bis alle anderen gegangen waren, dann schloss sie die Tür und setzte sich auf die Kante eines der vorderen Tische. Elliot stand in der Reihe dahinter.

Er spielte mit dem Reißverschluss seiner Tasche, unsicher und nervös unter dem prüfenden Blick der Lehrerin. Er mochte Mrs. Davidson, obwohl sie ihm nie mehr Aufmerksamkeit geschenkt hatte als den anderen Schülern. Sie war jung, vielleicht Anfang dreißig, und lehrte ihr Fach mit Begeisterung, was sie von den meisten anderen Lehrern unterschied. Wenn sie überschwänglich wurde, dann marschierte sie im Klassenzimmer auf und ab, und ihr langer Pferdeschwanz wurde bei jedem Richtungswechsel gegen ihre Brille geschleudert. Aber niemand lachte darüber. Er mochte Englisch, und mit ihr als Lehrerin war der Unterricht mehr als nur ein weiteres Fach auf seinem Stundenplan.

Die Sonne strahlte durch das geschlossene Fenster. Er fühlte sich entblößt, obwohl draußen niemand zu sehen war. Der Lärm eines weit entfernten Rasenmähers ließ das Fensterglas erzittern. Die Bewegung wurde in die stille Luft des Klassenzimmers weitergeleitet und wirbelte Staubkörner auf, die schwerfällig im Sonnenlicht tanzten. Mrs. Davidson trommelte mit ihren Fingernägeln leicht auf den Schreibtisch. Der Klang wurde von dem unbehandelten Holz gedämpft. Warum sagte sie nichts? Irgendetwas. Wartete sie darauf, dass er etwas sagte? Aber was?

Sie schüttelte ihren Kopf und lachte. «Okay, du hast gewonnen. Deinem Blick muss ich mich geschlagen geben. Du hast ein echtes Pokerface, Elliot Sutton.»

Er wartete. Ihm war unbehaglich zumute. Er hatte keine Ahnung, was sie von ihm wollte. Er schaute aus dem Fenster und dann schnell wieder zu ihr hin.

Ihr Gesicht war freundlich. «Ich wollte mit dir sprechen, weil ich ein wenig besorgt über das sinkende Niveau deiner Arbeit bin. Du hast immer ausgezeichnete Aufsätze abgeliefert. Es machte richtig Spaß, sie zu lesen. Aber in letzter Zeit … Ich spüre nichts mehr von deinem Herz und deiner Seele in dem, was du schreibst. Stattdessen kommt es mir so vor, als ob du deine Aufgaben mit immer weniger Anstrengung erledigst, weil du weißt, dass du genug Talent hast, um damit durchzukommen. Bitte korrigiere mich, wenn ich Unrecht habe.»

Diese Beschuldigung schmerzte ihn, weil sie ausgerechnet von ihr kam, denn er mochte sie. Er hatte das Gefühl, dass er sie im Stich gelassen, ihr Vertrauen missbraucht hatte. Er suchte krampfhaft nach einer Antwort. «Ähm ... wahrscheinlich haben Sie recht. Ich meine, es war mir nicht ...» *Reiß dich zusammen.* «Es war mir nicht so bewusst, aber wenn es in Ihren Augen so aussieht, wird es wohl so sein.»

Eine miese Antwort.

«Hmm.» Sie schien mit ihrem Blick seine Haut durchdringen zu wollen, um in seinem Innern die richtige Antwort zu finden, die sie dort verborgen glaubte. «Ich frage mich, ob du durch die Verschlechterung deiner Leistung nicht irgendetwas ausdrücken, etwas mitteilen möchtest. Etwas anderes als die Tatsache, dass dir gute Noten auf einmal nichts mehr bedeuten.» Sie schwieg, als ob sie ihre nächsten Worte genau überlegen müsste. «Ich frage mich, ob es irgendwelche Probleme gibt, die deine Leistungen beeinträchtigen. Probleme, über die die Schule Bescheid wissen sollte, damit wir dir helfen können – wenn du das möchtest.

Elliot? Ich weiß, dass jeder mal schwere Zeiten durchmachen muss, besonders in deinem Alter, und dass es nicht immer leicht ist, über Probleme zu reden. Und manchmal haben es diejenigen, die nach außen so ungerührt erscheinen, am schwersten. Diejenigen mit den überzeugendsten Masken können sie manchmal nicht mehr absetzen.»

Er empfand den Schock beinahe körperlich. Elliot musste sich zusammenreißen, um nicht zurückzuschrecken. Sie war in seinen Geist eingedrungen, schnüffelte in seinen Gedanken herum, zog die Schutzhülle beiseite und schaute in jeden verborgenen Winkel. *Woher weiß sie davon? Wie hat sie es herausgefunden?*

Sie lächelte. «Schau nicht so besorgt. Jeder legt seine persönliche Rüstung an, bevor er morgens aus dem Haus geht. Das ist eine einfache Tatsache. Manche Menschen haben damit mehr Erfolg als andere, das ist alles. Aber einige Leute brauchen Hilfe, und die Rüstung verhindert es, dass sie darum bitten. Und ich könnte den Gedanken nicht ertragen, dass jemand Hilfe suchend die Hand nach mir ausstreckte ... und ich würde es nicht bemerken.»

Sie weiß es nicht! Sein Schreck versiegte, und er fühlte sich schwach vor Erleichterung. *Sie weiß gar nichts. Ich bin immer noch sicher.* Und dann flüsterte ihm die Stimme zu: *Wie kann sie es wagen! Sie ist eine Englischlehrerin, nichts weiter. Ihr Job ist es, Aufsätze zu korrigieren und dich durch die Prüfung zu schleusen, anstatt dich mit billigen psychologischen Tricks hereinzulegen. Was zum Teufel geht es sie an, was in deinem Leben geschieht? Zeig's ihr, Mann!*

Er entspannte seine Gesichtsmuskeln, legte den höflich leeren Ausdruck auf, der seine Gesprächspartner darüber in Kenntnis setzte, dass er keine Ahnung hatte, worüber sie redeten oder worauf sie hinauswollten. Er zuckte lässig mit einer Schulter. «Mir geht's gut. Vielleicht habe ich bei den letzten paar Aufsätzen einfach geschludert. Aber das ist das einzige Problem, das mir einfällt. Tut mir leid.»

Ihr Gesicht fiel in sich zusammen. «Oh.»

In ihren Augen und in jenem kleinen Laut lag so unbeschreiblich viel. Sie hatte ihn gedrängt, war jenseits dessen getreten, was offensichtlich und greifbar war, und hatte sich dabei selbst bloßgestellt. Er hatte seinen Vorteil daraus gezogen, hatte ihr deutlich zu verstehen gegeben, dass sie gar nichts wusste, nichts verstand. Und jetzt dachte sie nach und überlegte besorgt, wie diese Sache auf sie zurückfallen konnte, was er über sie herumerzählen würde.

He, kennst du Mrs. Davidson? Die hat mich nach dem Unterricht im Klassenzimmer behalten, weil sie ‹persönliche Sachen› von mir wissen wollte, stell dir vor! He, Sir, haben Sie das mit Mrs. Davidson gehört? Stimmt es, dass sie mit diesem Jungen allein war …?

Er hörte, wie sie schluckte. Von draußen erklang gedämpftes Lachen. Er verabscheute sich selbst für das, was er getan hatte, obwohl es in reiner Notwehr geschehen war. Von nun an würde sie sich nicht mehr von ihren Instinkten leiten lassen, würde nichts Unüberlegtes mehr tun. Sie würde streng nach Vorschrift handeln. In Zukunft würde sie Hilfe suchende Hände einfach übersehen. Dafür hatte er gesorgt.

Sie sollten nicht so nett sein, dachte er verzweifelt und wollte laut schreien, damit sie ihn verstand. *Warum sind Sie bloß so nett?*

«Nun …» Sie stieß sich von dem Schreibtisch ab, ging zu ihrem Pult und tat so, als würde sie einen Stapel Papiere ordnen. Sie stand mit dem Rücken zu ihm. «Das wäre dann alles. Das war alles, was ich wissen wollte. Du kannst jetzt gehen.»

Ich hätte es noch schlimmer treiben können, dachte Elliot, während er die Tür hinter sich schloss. *Ich hätte ihr ins Gesicht lachen und so tun können, als sei sie irgendeine Irre. Im Grunde genommen ist sie noch gut weggekommen.*

Aber er fühlte sich keinen Deut besser.

Am Abend, nach dem Treffen mit den Wächtern, fühlte er sich noch schlechter.

Alle Wächter waren anwesend gewesen, aber es hatte kein Training stattgefunden. Stattdessen hatten sie ihm eine Aufgabe gestellt. Er hatte zwei Wochen Zeit, um eine Strafaktion zu inszenieren, um über Täter, Art der Bestrafung und das Opfer zu entscheiden.

Ich muss die Auswahl treffen.

Die Entscheidungen über die ersten beiden Punkte waren nicht besonders schwer. Es gab mehr als genug Schüler, die willens und in der Lage waren, jemanden zu terrorisieren, und auch die Art der Bestrafung festzulegen war kein Problem.

Es erschreckte ihn, dass er so dachte. Vor ein paar Monaten hätte ihn die Vorstellung, solche Entscheidungen zu treffen, abgestoßen. Es wäre ihm völlig abartig und grotesk vorgekommen. Aber, wie Richard richtig erkannt hatte, er fing langsam an, die Welt mit anderen Augen zu betrachten, anders zu denken. Er sah die Welt nun als eine Bühne voller Schauspieler, die seinen Regieanweisungen gehorchten, die taten, was er ihnen befahl. *Die Rollen sind von vornherein verteilt, aber du musst dafür sorgen, dass jeder an seinem Platz bleibt. Zeig ihnen, wo sie hingehören, wenn nötig.* Es würde sehr lange Zeit dauern, bis er sich daran gewöhnt hatte. Er war sich nicht sicher, ob es ihm jemals vollkommen gelingen würde.

Aber die dritte Entscheidung ... Ihm wurde gleichzeitig heiß und kalt bei dem Gedanken daran. Ein zitternder Schmerz durchfuhr seine Glieder. Bisher hatte er lediglich zugeschaut und seine Lektionen gelernt. An die Möglichkeit, eine solche Wahl treffen zu müssen, *eine Bestrafung zu organisieren*, hatte er keine Sekunde lang gedacht. Damit betrat er eine völlig neue Dimension. *Er* würde verantwortlich sein. Jemand würde leiden, weil *er* es befahl. Wie sollte er damit leben?

Was macht das schon?, zischte die Stimme. *Such dir einfach jemanden aus, irgendjemanden, und bring es hinter dich. Was kümmert es dich, wer es ist? Denk immer daran: Wenn es schon passieren muss, dann wenigstens nicht dir.*

Und auch nicht Ben. An diesem Gedanken konnte er sich festhalten. Das Erste, was er als vollwertiges Mitglied der Wächter tun würde, war, Bens Namen von der Liste zu streichen. *Ich habe die Macht dazu.*

Trotzdem fühlte er sich dadurch nicht besser. Irgendwie war der Gedanke, Macht zu haben – Macht über Leben und Tod – fast genauso erschreckend wie überhaupt keine Macht zu besitzen.

Fast.

«Betrachte es als ein Initiationsritual», erklärte ihm Richard. «Um wirklich zu uns zu gehören, musst du deine Fähigkeiten unter Beweis stellen. Du musst zeigen, dass du die Stärke und die Autorität besitzt, um diese Sache zu organisieren und durchzuziehen.

Dann werden wir ein für alle Mal wissen, wer du bist. Und du auch.»

Wer du bist?

Um welches von meinen Ichs geht es eigentlich?

Früher einmal war er nur eine Person gewesen – der ursprüngliche Elliot, ein ganz normaler Junge mit einem ganz normalen Leben. Dann war der zweite Elliot dazugekommen: bedrängt, unterdrückt, schwach und hilflos. Und dann der dritte Elliot: cool, gleichgültig, unberührbar, der zukünftige Wächter. Und jetzt der vierte: derjenige, der er war, wenn er sich mit Ben traf. Und der fünfte: der Elliot, den Louise in ihm sah.

Welcher von ihnen war er? Welcher war der wirkliche Elliot?

Vielleicht bin ich alle gleichzeitig.

Mrs. Davidson hatte von Masken gesprochen, und so war es ihm am Anfang auch vorgekommen. Aber eine Maske konnte man abnehmen. Er war sich nicht mehr so sicher, dass es irgendwo eine Grenze gab, wo der wirkliche Elliot aufhörte und die Elliot-Masken begannen. Er fing sogar an zu zweifeln, dass es überhaupt einen Unterschied gab zwischen seinem wahren Selbst und den Masken, die er trug.

Am Samstag schwamm er wie üblich gemeinsam mit Ben. Danach, auf dem Bürgersteig vor dem Hallenbad, fragte ihn Ben unvermittelt: «Hast du Lust auf einen Spaziergang?»

Elliot zögerte und überlegte, wer wohl an einem Samstagmorgen unterwegs sein konnte, wog das Risiko, gesehen zu werden, ab.

«Wir müssen nicht in die Stadt gehen», sagte Ben schnell. «Wir können Richtung Wald laufen. Keiner von den Schülern hält sich samstags da auf.»

Elliot litt immer noch unter den Kopfschmerzen, mit

denen er am Morgen aufgewacht war, und er dachte, dass ihm frische Luft vielleicht gut tun würde. «Klar», sagte er, «wenn du willst.»

Auf einem schmalen Pfad, der rechts und links von hohen, rostigen Drahtzäunen begrenzt war, gingen sie hinter dem Wohngebiet entlang. Ben ging voraus. Die Tasche mit dem Schwimmzeug baumelte an seiner rechten Hand. Er schaute nicht zurück. Elliot folgte langsamer und wünschte sich bereits, dass er Bens Vorschlag nicht zugestimmt hätte.

Plötzlich standen sie im Wald. In einem Moment leuchtete noch der blaue Himmel über ihnen, im nächsten beschattete sie ein Dach aus grünen Zweigen und Ästen. Die Temperatur fiel merklich.

Ben wartete, bis Elliot ihn eingeholt hatte. «Siehst du?», sagte er, als Elliot neben ihn trat. «Samstags ist hier niemand. Außer vielleicht ein paar knutschenden Pärchen, wenn das Wetter gut ist, aber die lassen sich durch uns nicht stören.»

«Schon verstanden», sagte Elliot gepresst. Obwohl es im Wald kühl war, wollte der bleierne Druck nicht von ihm weichen. Der Geruch von modrigen Blättern und Baumrinde erinnerte ihn daran, zu welchem Zweck er sich normalerweise im Wald aufhielt. Er war sich nicht bewusst gewesen, dass das Waldstück so nah bei der Stadt lag. Wie weit waren sie von der Lichtung bei den Bahnschienen entfernt?

Er ging hinter Ben her. Keiner von ihnen sprach ein Wort. Er wurde das Gefühl nicht los, dass Ben etwas anderes im Sinn hatte als einen gewöhnlichen Spaziergang: Er wirkte irgendwie aufgedreht, angespannt, als wollte er gleich explodieren, aber gleichzeitig ganz anders als an jenem Tag, als er den Fixierer verschüttet hatte. Elliot hatte ihn noch nie so erlebt. Es machte ihn unruhig. Und was immer Ben auch sagte, er musste ständig an das Risiko denken, irgendjemand könnte sie beide zusammen sehen.

Ich hätte mich nicht darauf einlassen sollen.

Gedanken über die bevorstehende Strafaktion schlichen sich in seinen Kopf. *Wie zum Teufel soll ich das fertigbringen?* Es gab siebenhundert Schüler, die zur Auswahl standen. Die meisten von ihnen kannte er nicht, nicht einmal dem Namen nach, und die einzigen Leute, die er kannte und genug hasste, um sie einer solchen Behandlung zu unterziehen, waren diejenigen, die er nicht auswählen durfte – es sei denn als Täter. *Wie wählt man eine Person aus siebenhundert aus, wenn keiner von ihnen je etwas getan hat, um eine solche Strafe zu verdienen?* Richard hatte von denen erzählt, die es verdienten, von denen, die es hätten besser wissen sollen, die ihre Rolle vergessen hatten, wie der Junge mit der wunden Nase. Von denen, die man daran erinnern musste, wo ihr angestammter Platz war. Aber das machte es nicht leichter.

Die Stimme flüsterte ihm zu: *Wähle irgendjemanden aus. Egal wen. Nur tu es.*

«He, schau mich an, Elliot.»

Die Worte rissen ihn aus seinen Gedanken. Einen Moment lang wusste er nicht, wo er sich befand, dann erkannte er seine Umgebung: die Backsteinmauer, der Bahndamm, der zu beiden Seiten der Lichtung im Wald verschwand, der offene Himmel.

Sie standen auf der Lichtung der Wächter.

Ben setzte sich auf die Mauer und breitete die Arme aus, als ob er Elliot in seinem Reich willkommen heißen würde.

Die Mauer der Wächter. Das Reich der Wächter.

Panik erfasste Elliot, drückte ihm die Brust zusammen. *Das ist eine Falle. Ich bin reingelegt worden.* Wilde Gedanken jagten durch seinen Kopf: Ben war ein Wächter, oder ein Beobachter, oder er hatte Elliots Geheimnis entdeckt und wollte ihn erpressen.

Er wirbelte herum, starrte in den Wald, versuchte das Dickicht der Bäume zu durchdringen. Womöglich wartete dort die ganze Schule auf ihn. Die Bäume standen so dicht, die Verfolger konnten überall sein.

Er war so dumm gewesen. *Dumm, dumm, dumm.* Niemals hätte er das Risiko mit Ben eingehen dürfen. Jetzt würde er dafür bezahlen. Jeden Moment würde Richard hervortreten mit diesem schrecklichen Lächeln auf den Lippen und sanft sagen: «Du hast doch nicht ernsthaft geglaubt, dass du mich zum Narren halten kannst, oder? Dir war doch klar, dass wir deine Vergangenheit aufdecken würden, nicht wahr? Du hast doch nicht etwa wirklich gedacht, dass *du* jemals ein *Wächter* werden würdest?»

Und die anderen würden lachen, johlen und ihn einkreisen, bis er von ihnen erdrückt werden würde, näher und näher würden sie kommen und warten …

Warten …

Warten …

Ein Geräusch drang zu ihm vor, dröhnte laut in seinen Ohren, aber er konnte nicht erkennen, woher es kam. Dann wurde ihm klar, dass es sein eigener Atem war – die Luft, die er schäumend und brüllend wie einen reißenden Strom durch Mund und Nase in seine Lungen sog.

Niemand stand zwischen den Bäumen.

Sie waren allein auf der Lichtung.

Dumm.

Reiß dich zusammen.

Um Gottes willen.

Ben hockte immer noch auf der Mauer. «Ich wollte schon immer mal wissen, wie das hier oben ist», rief er.

Elliot ging langsam zu ihm. Seine Atmung beruhigte sich und der Knoten in seinen Eingeweiden verschwand. In seinen Achselhöhlen stand der kalte Schweiß. «Was tust du da?», fragte er erstickt.

Ben lachte und breitete seine Arme noch weiter aus. «Ich *gehe weg*. Das ist es, was ich tue. *Ich gehe weg.*»

«Wovon redest du?»

«Ich gehe weg. Sobald das Schuljahr zu Ende ist. Meine Mum hat's mir gestern erzählt. Wir ziehen um. Weg von Holminster.»

Elliot bemühte sich zu begreifen, was Ben ihm da erzählte. Benommen fragte er: «Warum?»

Ben ließ die Arme sinken und zuckte, immer noch lächelnd, mit den Schultern. Elliot hatte ihn noch nie so lächeln gesehen – ohne eine Spur von Wachsamkeit, völlig hemmungslos, frei von jeglicher Angst. «Es ist so, wie meine Mum sagt – Holminster hat uns nichts zu bieten, uns beiden nicht.»

Das kannst du nicht machen, wollte Elliot sagen. *Du kannst nicht einfach weggehen. Ich wollte deinen Namen von der Liste streichen – das war das einzig Gute, was ich tun kann. Jetzt bleibt mir nicht einmal mehr das.*

Ihm war klar, dass er fürchterlich unfair war. Er hatte nicht das mindeste Recht, Ben irgendwelche Vorwürfe zu machen.

Er versuchte begeistert zu wirken. «Toll. Freut mich für dich.»

Ben grinste wieder. «Danke. Ich kann's noch gar nicht glauben. Holminster, ade! Wie meine Mum schon sagte, wir fangen noch mal ganz neu an.»

Ein neuer Anfang. Die Worte jagten eine Gänsehaut über Elliots Arme. *Soll ich es dir sagen?*, fragte er sich. *Soll ich dir verraten, dass es keinen neuen Anfang geben wird? Jedenfalls nicht, solange du nicht so wirst wie ich. Würde ich dir einen Gefallen tun, wenn ich es dir erzähle?*

«*Wächter, ade!*», brüllte Ben in den Wald. «*Hört ihr mich? Ihr kümmert mich nicht mehr. Jetzt könnt ihr mich nicht mehr kriegen!*» Seine Stimme klang erschreckend laut. Die Worte schienen auf ewig in der Luft zu verharren. Irgendwo flatterten lärmend ein paar Vögel auf.

«*Sei ruhig!*», zischte Elliot beunruhigt. «Jemand könnte dich hören. Komm schon, lass uns hier verschwinden.»

Ben lachte vergnügt und schüttelte den Kopf. «Ich muss mich jetzt nicht mehr vorsehen. Ich bin ja bald weg.» Wieder fing er an zu schreien: «*Mach's gut, Holminster ...*»

Elliot verlor die Beherrschung und schlug ihm aufs Bein. «*Sei ruhig, hab ich gesagt!*»

Ben starrte ihn mit offenem Mund an. Alle Spannung wich aus seinen Muskeln. Er beugte sich nach unten und rieb sich langsam das Bein. «Warum hast du das gemacht?»

Elliot versuchte seine Angst unter Kontrolle zu bringen, aber es gelang ihm nicht. «Du gehst ja vielleicht weg, aber ich nicht, oder?» Er bemühte sich zu realisieren, was er gerade getan hatte. *Ich habe schon früher jemanden geschlagen. Es ist ja nicht so, dass ich so was noch nie getan habe. Kevin*

Cunningham. Er hat's verdient. Das war Notwehr. Aber das war damals – vorher. Nicht jetzt. Nicht Ben. Aber ... Ben hätte alles verderben können. Oh mein Gott! Was, wenn jemand in der Nähe war? Er fühlte sich schwach und zittrig. Seine Hände bebten.

Ben ließ sich von der Mauer gleiten. Er betrachtete die Tasche, die an seinem Handgelenk hing. Durch einen Spalt tropfte Wasser von seinem nassen Handtuch und seinen Badehosen auf seine Turnschuhe. «Du musst nicht gleich sauer werden», murmelte er. «Du hättest es mir einfach sagen können. Es war nicht nötig, mich zu schlagen.»

Elliot konnte nicht antworten, wusste nicht, was er hätte sagen sollen.

Ben wich zurück.

Schweigen breitete sich zwischen ihnen aus, aber es war nicht die angenehme Stille der Dunkelkammer. Es hielt an, bis es Elliot so schien, als würde es nie mehr enden. Sein Kopf tat weh. Er konnte nicht mehr denken. Alles, was er wusste, war, dass in diesem Moment Ben der Grund für seine Angst war – Ben, der ihn hierher gebracht hatte, nicht wissend, was er damit angerichtet, in welche Gefahr er ihn damit gebracht hatte; Ben, der alles hätte zerstören können, weil er nicht wusste, mit wem er es zu tun hatte; Ben, der ständig im Fadenkreuz gestanden hatte und der eine permanente Bedrohung für Elliot darstellte, allein durch seine kindliche Unwissenheit, seine Zuneigung für Elliot, seine Angewohnheit, sich wie eine Klette an ihn zu klammern.

Er sah Ben, wie Richard es ihn gelehrt hatte. Sah jetzt, dass Ben so vieles von dem verkörperte, woran der neue Elliot sich nicht erinnern wollte – woran zurückzudenken er sich nicht leisten konnte. Er sah in Ben einen Geist der Vergangenheit, den er mit aller Macht zu begraben versucht hatte.

Er hörte Ben sagen: «Wir können ja in Kontakt bleiben. Du kannst mich auch besuchen, wenn du Lust hast.»

Gefahr. Eine Drohung.

«Elliot?»

Elliot saugte die Furcht ein und verstaute sie tief in seinem Innern. Er wusste jetzt, dass er immer noch Angst hatte, mehr als jemals zuvor. Bevor er nach Holminster gekommen war, war die Angst immer auf demselben Level geblieben, und er hatte sie ohne Widerspruch akzeptiert, abgestumpft, gefühllos, in dem Wissen, dass sich nichts ändern würde, dass die Qualen weitergehen würden, Tag für Tag, Woche für Woche, Jahr für Jahr, auf immer und ewig. Aber jetzt – was er jetzt empfand, war eine fast animalische Furcht, scharf und gnadenlos. Denn alles hatte sich verändert, was bedeutete, dass es sich jederzeit wieder verändern konnte, wieder so werden konnte wie früher – und das würde er nicht ertragen können.

Er musste weg hier. «Ich muss jetzt gehen», sagte er. «Ich habe noch zu tun.»

Ben schaute auf. Er zögerte. «Ich dachte, du würdest ... du weißt schon, mit zu mir kommen, wie gewöhnlich ...»

Elliot schüttelte den Kopf und versuchte das Chaos und die Bilder aus seinem Hirn zu vertreiben. «Kann nicht. Nicht dieses Wochenende. Vielleicht nächstes Mal.»

Vielleicht nie. Eine schreiende Maske. Eine Maske aus Schreien. Er sah einen Stiefel mit aller Macht nach unten treten, sah, wie das Schreien zerstört wurde, abgeschnitten, ausgelöscht. *Ich bin stark. Ich bin stark. Ich kann mich dazu bringen, vor nichts Angst zu haben.*

Ben redete auf ihn ein. Fragte ihn. Bettelte geradezu. Wie beim ersten Mal, als sie sich begegnet waren. «Ich meine, ich dachte …» Er schaute auf seine Füße. «Ich habe ein Foto, das ich dir gerne … Ich meine, nur wenn du willst.»

«Ich habe doch gesagt, dass ich keine Zeit habe.» Die Angst machte Elliot grausam. *Töten. Auslöschen.* «Was ist denn daran so schwer zu begreifen? Glaubst du vielleicht, ich habe nichts Besseres zu tun, als den ganzen Morgen mit diesem Kram zu vergeuden?»

Er musste das tun. Ihm blieb keine andere Wahl. Das Schreien war immer noch da, aber schwächer jetzt. Er trat noch einmal zu, tötete nicht nur den ohrenbetäubenden Lärm, sondern auch die Bilder: das Kaleidoskop aus Schwarz und Weiß, die Konturen, die auf wundersame Weise auf leerem Papier erschienen unter dem sanften Leuchten des Rotlichts, Ben, der sich umdrehte, um ihm eine Frage zu stellen, der ihm etwas erklärte, Ben und er selbst, die miteinander redeten …

Um zu verhindern, dass dir wehgetan wird, musst du den anderen zuerst wehtun. Du machst ihnen klar, dass sie dir nichts anhaben können, dass sie dir nichts bedeuten. Du bist stark. Nichts kann dich erschüttern. Du lässt nicht zu, dass dich irgendetwas berührt.

«Ich kann das Foto mit in die Schule bringen», fuhr Ben fort. «Natürlich nur, wenn du willst. Ich meine, ich wollte sagen … Nicht, wenn du nicht willst. Ich meine …» Seine Stimme versiegte.

Elliots Magen verkrampfte sich. «Wag es nicht, mir in der Schule zu nahe zu kommen. *Wag es ja nicht!*»

Ben stand mit gesenktem Kopf da und ließ alles über sich ergehen, was Elliot ihm entgegenschleuderte. Wie ein Welpe, der immer wieder getreten worden war und trotzdem immer wieder angekrochen kam. *Die Frage ist, wie oft man jemanden treten muss, bis er die Botschaft begriffen hat.*

Ben flüsterte etwas. Elliot konnte ihn nicht verstehen.

«Was hast du gesagt?» Elliots Stimme klang lauter und rauer, als er es beabsichtigt hatte, und wieder zuckte Ben zurück.

«Das werde ich nicht, sagte ich. Das würde ich nie tun.»

Der saure Geruch von modrigem Laub kroch in Elliots Nase. Ein toter Geruch. Ein Geruch von Verwesung, von Verfall.

Ohne Elliot anzusehen, drehte sich Ben um und ging den Weg zurück, den sie gekommen waren. Elliot unterdrückte den Wunsch, ihm nachzurufen.

Ich hätte ihm wenigstens eine Sache erzählen sollen, dachte er. *Ich hätte ihm das Geheimnis des Überlebens erklären sollen.* Überleben war gar nicht so schwer. Es bedeutete lediglich, dass man alle Ecken und Kanten von einem selbst abschneiden und glatt feilen musste, die nicht passend waren. Nach einer Weile wurde einem die neue Identität zur zweiten Natur, als ob man schon immer so gewesen wäre, wie man jetzt war.

Der schwierige Teil war, die verschiedenen Identitäten, die man annehmen musste, zu verwalten und auseinanderzuhalten.

Er wollte schon hinter Ben herlaufen, aber die Stimme riss ihn in die Wirklichkeit zurück. *Sei doch kein Narr.*

Er schaute der schmalen Gestalt nach, bis sie von dem Dickicht des Waldes verschluckt wurde.

Er war ein Risiko. Immer nur ein Risiko. Ohne ihn bist du besser dran.

Er merkte, dass seine Hände zitterten und bohrte seine Fingernägel in die Handballen.

Du bist stark.

Ich bin stark.

Ich habe keine Angst.

14

Der Tag der Entscheidung rückte näher. Elliots Galgenfrist verstrich in einer rasenden Geschwindigkeit, die ihn zu verspotten schien. Die Tage reihten sich aneinander wie Perlen auf einer Kette, und alles, was er tun konnte, war, sich treiben zu lassen, direkt auf das unabwendbare Schicksal zu, das ihn erwartete. Er musste eine Entscheidung treffen. Es gab kein Entkommen. Aber während die Zeit verflog, kam er der Lösung des Problems keinen Schritt näher.

Überall um sich herum sah er Schüler, die den Anforderungen perfekt entsprachen. Sie ragten so deutlich aus der Masse heraus, als ob sie selbst einen gelben Zettel an ihre Jacken geheftet hätten. Einige Male stand er kurz davor, Oliver oder einen der anderen Beobachter nach einem Namen zu fragen und nähere Informationen zu verlangen – Noten, Gewohnheiten, Freunde –, um sich seine Vermutung bestätigen zu lassen. Aber jedes Mal schreckte er vor der Endgültigkeit dieser Tat zurück. Gegen alle Vernunft hoffte er, dass er einen Grund finden konnte, warum er einen dieser Schüler nicht leiden mochte – als ob ihm diese Tatsache die Auswahl erleichtern würde.

Er wusste nicht, warum es ihm so schwer fiel. Es war ja nicht so, als ob sein Beschluss irgendetwas verändern würde. *Die Gewalt, die Bestrafungen, die Opfer – all das war schon vor uns Wächtern da.*

Es ist nämlich nicht so, dass wir zuerst da waren – Holminster hat uns erschaffen. Wenn er keine Wahl traf, würde es ein anderer tun. Das Einzige, was er damit erreichen würde, war die Tatsache, dass er dann kein Wächter mehr werden würde – stattdessen würde er tot sein.

Niemals zuvor hatte er sich so allein gefühlt. Wenn er sein Elend mit jemandem teilen könnte – wenn es jemanden gäbe, der ihm zuhören und ihn nicht verurteilen würde, vor dem er alle Schlechtigkeit, die in seinem Inneren gärte, ausgießen könnte – dann hätte er die Situation leichter ertragen können. Aber es gab niemanden.

Louise hatte seine Geistesabwesenheit bemerkt und wollte wissen, was los war. Er flüchtete sich in Ausreden – zu viele Hausaufgaben, ein Schwimmwettbewerb, für den er trainieren musste, und die bevorstehenden Examen. Er lebte in ständiger Angst, dass sie die Wahrheit herausfinden würde, obwohl er sich nicht vorstellen konnte, wie sie das anstellen sollte, außer, er selbst sagte es ihr. Die Schule war fast das Einzige, worüber sie so gut wie nie redete. Das machte es leichter für ihn, sie anzulügen. Er hasste sich dafür, besonders weil sie so offen und ehrlich war. Aber die Stimme, die er mittlerweile mehr und mehr verabscheute, auf der aber seine ganze Sicherheit beruhte, flüsterte ihm zu: *Warum fühlst du dich schuldig? Jeder hat doch Geheimnisse. Was sie nicht weiß, macht sie nicht heiß.*

Und sie drängte ihn immer noch, endlich *1984* zu lesen.

«Du solltest es wirklich lesen.»

Es war an einem späten Dienstagnachmittag. Sie saßen auf einer Bank im Park. Elliot warf die Überbleibsel seines Pausenbrots in den Teich und beobachtete, wie die Enten in einem Aufruhr von Gischt und Geschnatter danach tauchten.

«Jeder sollte es lesen.»

Er sagte: «Du hast doch gesagt, dass es faschistisch ist, Leute zu etwas zu zwingen.» Er hatte mittlerweile gelernt, forscher zu sein, mit mehr Selbstvertrauen zu argumentieren. Zwar konnte er sie, wenn sie verschiedene Meinungen vertraten, nie schlagen – und allein den Versuch wagte er nur selten –, aber er hatte erkannt, dass sie es schätzte, wenn er ihre eigenen Argumente aufgriff und sie gegen sie selbst richtete. Dies war eine weitere Eigenschaft, die er an ihr liebte.

Ihr Gesicht leuchtete auf – sie war bereit zum Kampf. «Ich sagte, dass jeder es lesen *sollte*, nicht dass man es lesen *muss*. Das ist etwas völlig anderes.»

«Nun, wenn du hier mit unfairen Tricks wie Wortspielereien arbeitest, habe ich ohnehin schon verloren.»

Sie boxte ihn leicht. «Mach ich gar nicht. ‹Muss› bedeutet, dass man jemanden zwingt, dass man ihm keine Wahl lässt. ‹Soll› heißt, dass man frei entscheiden kann, ob man etwas tun möchte oder nicht, obwohl es in diesem Fall ziemlich dämlich ist, es nicht zu tun. Genau das ist nämlich der Punkt …»

Innerhalb weniger Sekunden hatte sich ihre Haltung von halb scherzend in todernst verwandelt. Er versuchte sie vom Thema abzulenken, weil er nicht darüber reden wollte. Er erinnerte sich noch genau, welche schrecklichen Zeilen Richard zitiert hatte. *Der Zweck der Kontrolle ist die Kontrolle. Der Zweck der Macht ist die Macht. Der Zweck der Folter ist die Folter. Du wirst es akzeptieren, es willkommen heißen, zu einem Teil davon werden.*

«Nennst du mich etwa dämlich?» Er lächelte, um ihr zu zeigen, dass er es nicht ernst meinte.

Aber es war zu spät. «Nein.» Sie rückte näher an ihn heran. «Der Punkt ist, dass der Protagonist in *1984* jemand ist, der keine Wahl hat. So sieht es wenigstens aus. Er glaubt, dass er tun *muss*, was er tut, nämlich über die Vergangenheit zu lügen, die Geschichte zu verdrehen, Ereignisse zu fälschen und niemals zu sagen, was wirklich wahr ist.»

Wieder hörte er Richards Stimme. *Überall Fernseher. Aber sie funktionieren in beide Richtungen. Die ganze Zeit, bei allem, was man tut, wird man beobachtet.*

«Aber die Sache ist», fuhr sie leidenschaftlich fort, «dass er sich *trotz allem* anders entscheidet. Aus freiem Willen tritt er dem System entgegen. Er gehorcht seinem wahren Glauben und riskiert alles. Und damit befreit er sich selbst ...»

In ihren Gedanken blätterte sie die Seiten um. Sie schaute ihn nicht an, schaute auf nichts Bestimmtes, sondern redete fast mehr zu sich selbst als zu ihm – ähnlich wie Richard, dachte Elliot. Aber wenn er nichts sagte, würde er sie zum Schweigen bringen, würde ihr Feuer auslöschen, und das wollte er nicht. Ungeschickt fragte er: «Und? Gewinnt er am Ende?»

«Nein.» Traurig runzelte sie die Stirn, aber nicht wegen Elliot. «Nein. Aber darum geht es nicht.»

Elliot dagegen kam es so vor, als ob es um nichts anderes ginge. Wenn man nicht gewann, verlor man. Was sonst gab es dazu noch zu sagen?

Sie beantwortete seine unausgesprochene Frage – wenn es denn tatsächlich eine Antwort war.

«Am Ende besiegen ihn die anderen. Aber bis ihnen das

gelingt, ist er frei. Und das ist das Wichtigste. Er denkt nicht so, wie sie es wollen – *er* trifft die Entscheidungen, nicht sie. Sie können ihn nicht zwingen. Und als sie gewinnen, als sie ihn dazu bringen, nach ihren Schemata zu denken, gewinnen sie auch nicht wirklich. Denn das kann ihnen nur gelingen, wenn sie ihn zerstören.»

Immer mehr Zweifel und Verwirrung erfüllten seine Gedanken. Er wusste nicht, was er sagen sollte. Er wollte seine Hand ausstrecken und sie berühren, seine Finger über das zarte Rot ihrer Wangen gleiten lassen oder ihr Haar streicheln, es hinter ihr Ohr legen ...

Sie schüttelte den Kopf, als wollte sie sich aufwecken, und schaute auf ihre Uhr. «Ach du lieber Himmel! Und ich schwatze die ganze Zeit! Ich habe Mum gesagt, dass ich genau jetzt zu Hause wäre. Du hättest mich unterbrechen sollen.» Sie stand auf, zögerte und setzte sich dann wieder hin. «Ich wollte dich etwas fragen. Hast du Lust, am Freitag mit mir ins Kino zu gehen? Es läuft ein wirklich dämlicher Sciencefictionfilm, der scheint so schlimm zu sein, dass es schon wieder lustig werden könnte.»

Es war das erste Mal, dass sie vorschlug etwas anderes zu tun als nur gemeinsam von der Schule nach Hause zu gehen. Bedeutete das, dass sie mehr von ihm wollte als Freundschaft? Oder war sie nur scharf darauf, sich den Film anzuschauen? Die Frage, ob sie «ein Paar» waren, war bislang nie zur Sprache gekommen, und er hatte nicht derjenige sein wollen, der dieses Problem aufgriff und womöglich alles verdarb, was sie verband. Aber jetzt war Louise einen Schritt weiter gegangen.

Sie stand wieder auf. «Es war nur so eine Idee.» Zum ersten Mal, seit er sie kannte, schien ihr etwas peinlich zu sein.

«Tut mir leid, ich weiß, dass du jede Menge zu tun hast. Ich hätte nicht davon anfangen sollen.»

Er war erschüttert. «Nein ... Bitte.» Schnell stand er auf und wollte ihr seine Hand auf den Arm legen, hielt sich aber in letzter Sekunde zurück. Er war sich nicht sicher, wie sie reagieren würde. «Ich würde sehr gerne mit dir ins Kino gehen. Wirklich. Ehrlich. Absolut.»

«Wirklich? Sagst du das nicht nur so?» Ihre Augen schenkten ihm ein warmes Kitzeln im Bauch und sein Mund wurde trocken. Wieder schaute sie auf die Uhr. «Hör zu, ich muss gehen. Wir sehen uns morgen.»

Sobald sie fort war, wich die Wärme von ihm. Er schaute den Enten zu und kämpfte mit dem Tumult, der in seinem Innern brodelte.

Der Art und Weise nach zu urteilen, wie sie über *1984* gesprochen hatte, hätte man glauben können, dass sie und Richard zwei verschiedene Bücher meinten. Eingangs jeder «Trainingsstunde» bei den Wächtern las Richard eine Passage vor, aber was er zitierte, wie er darüber sprach, hatte nichts mit Freiheit zu tun, mit der Möglichkeit, eigene Entscheidungen zu treffen, rein gar nichts.

Richard konnte sich nicht irren. Er hatte mit allem anderen recht. Aber Louise hatte ihm ihre Sichtweise mit so viel Herzblut geschildert, dass er auch ihr glauben musste. Außerdem wollte er ihr glauben, weil er sie liebte. Er ahnte, dass das, was sie ihm erzählt hatte, von Bedeutung war und dass er es verstehen sollte. Aber was hatte sie gemeint, als sie erklärte, dass der Held seine Freiheit gewann, indem er verlor? Hatte sie nicht genau das gesagt?

In seinem Schädel hämmerte es. Seine Gedanken stolperten übereinander, verwirrten sich, wandten sich gegen ihn. Er konnte nicht mehr denken. Er wusste nicht, wie oder was er denken sollte, und es gab niemanden, mit dem er reden konnte, niemanden, der ihm half. *Aber was macht das schon aus? Nichts, was ich denke, kann irgendetwas ändern. Wozu also die Mühe?*

Als er nach Hause kam, war er müde und gereizt, bereit, sich auf den Erstbesten zu stürzen, der ihm in die Quere kam. Wie üblich lief der Fernseher. Er blieb neben dem Eingang zum Wohnzimmer stehen und schaute auf die Spitze des Kopfes seines Vaters, die über die Sessellehne hinausragte.

Ich wünschte, du wärst tot. Der Gedanke kam schnell, bestürzend. *Wenn du tot wärst, müsste ich dich nicht mehr anschauen. Ich müsste nicht mehr an dich denken. Ich könnte vergessen, dass es dich je gegeben hat. Ich könnte mein eigenes Leben leben.*

Er erzitterte unter der Wucht seines Hasses. Der Hass strömte aus ihm heraus, floss wie schwarzes Gift durch die Luft, bedeckte alles, was er anfasste. Wie war es möglich, dass sein Vater nichts davon spürte? Völlig durcheinander rannte er die Treppe hinauf.

In seinem Zimmer war er sicher. Er brauchte nur ein bisschen Platz zum Atmen, Distanz von allem, was ihn umgab. *Das ist alles. Dann kann ich wieder normal denken.* Er legte sich auf sein Bett. Sein Kopf glühte. Er wollte alles beiseite schieben, seinen Geist frei machen, und starrte an die Decke. *Weiße Farbe. Kein Muster, auf das man sich konzentrieren kann. Nicht gut. Kein Ausweg.* Seine Augen schmerzten, und er presste die Augenlider fest zusammen, als ob er am liebsten die ganze Welt ausgesperrt hätte.

Hinter seinen geschlossenen Augenlidern tobte ein Chaos von Formen, Sternen und Wirbeln aus Neonfarben. Er folgte ihren Spuren, richtete seine ganze Aufmerksamkeit darauf, verlor sich in ihnen. Schließlich hatte das Inferno ein Ende.

Viel zu bald schon rief ihn seine Mutter zum Abendessen. Wie gewöhnlich war die Stimmung am Esstisch angespannt. Seine Mutter sah müde aus – er erinnerte sich daran, dass sie letzte Nacht im Altenheim gearbeitet hatte. Wenn es dort ruhig war, bekam sie ein paar Stunden Schlaf, bevor sie zu ihrer Frühschicht in der Putzkolonne aufbrechen musste, ansonsten musste sie durcharbeiten, vom frühen Abend bis zum Mittag des nächsten Tages. Er wollte sie fragen, ob es ihr gut ging, aber er hatte Angst, dass ihn seine Stimme im Stich lassen würde.

Sie aßen schweigend. Er fragte sich, ob sie wieder einmal seinen Vater angebrüllt hatte. Er hatte jedenfalls nichts gehört.

Es ist mir egal.

Später kam er wieder nach unten, um sich ein Aspirin gegen seine Kopfschmerzen zu holen. Seine Mutter saß am Küchentisch und nippte an einer Tasse Tee.

«Ich hab vergessen dir zu sagen», meinte sie, «dass ich am Mittwoch nächster Woche eine Nachmittagsschicht übernehme. Kannst du an diesem Tag um fünf zu Hause sein, um den Ofen anzustellen?»

Er schrak zusammen. Mittwochabends ging er zum Unterricht zu den Wächtern. «Warum kann Dad das nicht machen? Er ist doch den ganzen Tag da.»

Sie blieb ruhig. «Weil ich dich darum bitte. Weil du weißt, dass ich mich nicht darauf verlassen kann, dass dein Vater es tut. Weil ich wirklich nicht glaube, dass es zu viel verlangt ist – du hast mir doch gesagt, dass du sowieso nur mit deinen Freunden aus der Schule rumhängst.»

Das hatte er ihr schon vor längerer Zeit erzählt, damit sie aufhörte, unbequeme Fragen zu stellen. Aber weil er so müde und gereizt war, fuhr er sie an: «Woher willst du wissen, was ich treibe, wenn du nicht da bist? Vielleicht habe ich Wichtigeres zu tun, Dinge, von denen du keine Ahnung hast.» Er bereute seine Worte, sobald sie ihm über die Lippen gekommen waren, aber es war zu spät.

«Du gemeines, undankbares kleines *Biest*!» Ihr Gesicht war kalkweiß. «Nach all der Mühe, nach allem, was ich getan habe, um dir zu helfen, um dir zu helfen durchzuhalten, bekomme ich jetzt *so etwas* zu hören!»

Schuldbewusst versuchte er, den angerichteten Schaden wiedergutzumachen. «So habe ich das nicht gemeint ...»

«Du hast es genauso gemeint. Ich bin nicht dumm, weißt du? Glaubst du etwa, mir wäre nicht aufgefallen, wie du mich anschaust, wenn du denkst, dass ich es nicht bemerke, oder die Tatsache, dass du dir nicht einmal mehr die Mühe machst, mir von der Schule zu erzählen oder mich zu fragen, wie mein Tag war? Ich bin nicht mehr gut genug für dich. Das hast du damit gemeint.»

«Nein, du hast das alles falsch ...»

Sie schlug mit ihrer Tasse auf den Tisch und brach dabei den Griff ab. Die Tasse erbebte, und Tee und Porzellansplitter regneten über den Tisch. «*Wage* es ja nicht! *Wage* es nicht, mir das vorzuhalten. Als ob ich es nicht wüsste!»

«Ich wollte nicht ...»

«Denkst du etwa, ich wüsste es nicht? Ich bin diejenige, die alles falsch gemacht hat, nicht wahr? Alles, was ich anpacke, läuft schief. Ich heirate deinen Vater und er wird von diesen ... *schrecklichen* ... Menschen ... zum Krüppel geschlagen. Ich meine, ich hätte es wissen sollen, oder? Und natürlich war ich dumm genug zu glauben, dass wir alle einen Neuanfang wagen könnten, etwas aufbauen und etwas aus unserem Leben machen könnten. *So war's doch, oder?* Oh ja, ich habe alles falsch gemacht. Ich mache immer alles falsch. Falsch, falsch, falsch. So bin ich nun einmal.»

Ihre Stimme pulverisierte sein Gehirn, zerstampfte es zu kaltem Mus. Wie hätte er ahnen können, dass sie so dachte? Er hatte zwar gewusst, dass der Umzug ein neuer Anfang für sie alle sein sollte, aber er hatte nicht den leisesten Schimmer gehabt, wie wichtig diese Sache für *sie* gewesen war.

Sie hat nicht mit mir darüber geredet. Woher hätte ich es wissen sollen?

Lange Zeit herrschte Schweigen zwischen ihnen, und er dachte schon, dass sie fertig wäre. Er traute sich nicht, sie anzusehen oder sich zu bewegen. Er schaute auf den Tisch, auf die kaputte Tasse und die kleinen Rinnsale hellbrauner Flüssigkeit.

«Nicht nur du hast ein Leben, weißt du?» Ihre Stimme war jetzt ruhiger, aber immer noch genauso schrecklich. «Ich bin nicht nur eine Maschine, die die Wäsche wäscht und das Essen kocht und ansonsten bequemerweise nicht zu Hause ist. Ich habe idiotische, verrückte Hoffnungen und Träume. Ich träume davon, dass wir eines Tages etwas Besseres haben werden als das hier. Verstehst du? Ich habe diese verrückte Vorstellung, dass wir eines Tages wieder etwas von dem Leben zurückbekommen könnten, das wir früher einmal hatten.»

Sie stand abrupt auf, ging zur Spüle und fing an, die Teller, die dort zum Trocknen standen, aufeinanderzustapeln. Aus dem Wohnzimmer erklang gedämpft das gekünstelte Lachen eines Fernsehpublikums. Die ganze Zeit hatte sich sein Vater nicht gerührt. Hatte er überhaupt etwas gehört? Hatte er wahrgenommen, dass außerhalb seines Kopfes etwas vor sich ging?

Es klirrte, als zwei Teller auf dem Boden zersprangen.

Seine Mutter stand mit dem Rücken zu ihm gewandt. Ihr Kopf war über die Spüle gebeugt. «Geh weg», sagte sie dumpf. «Geh mir aus den Augen. Ich glaube nicht, dass ich es ertragen könnte, dich heute noch einmal anzusehen.»

Er ging nach oben in sein Zimmer und legte sich rücklings auf sein Bett. Von unten klangen undeutliche Geräusche zu ihm hinauf. Er schloss seine Augen und konzentrierte sich auf das Nichts. Er konzentrierte sich so stark, dass er mit einem Mal alles ausblenden konnte – jeden Ton, jeden Gedanken, jede Emotion, jegliches Gefühl von Sein. Ihm war, als wäre er nichts als kalter, leerer Raum, der sich in die Unendlichkeit ausdehnte.

Er erwachte in tiefer Dunkelheit. Die Anzeige auf seinem Radiowecker besagte, dass es halb drei morgens war. Er wickelte sich enger in die Bettdecke ein. Aber jetzt war er wach und musste pinkeln. Widerstrebend stand er auf und schlurfte zur Badezimmertür.

Dann blieb er stehen.

Jemand weinte. Es war ein leises Weinen, kleine, erstickte Hickser und Schluchzer von jemandem, der nicht gehört werden wollte. Es gab nur eine Person, die dafür in Frage kam.

Er dachte an ihren Zorn, der erst ein paar Stunden alt war. Nein, es gab nichts, was er hätte sagen können, um sie zu trösten. Sie würde ihn nicht sehen wollen.

Er zog seine Hand von dem Türgriff zurück und schlich sich leise wieder ins Zimmer. Seine Blase drückte unangenehm. Er versuchte wieder einzuschlafen. Die Ereignisse des Abends blitzten vor seinem inneren Auge auf wie ein überbelichteter Film. Die Tasse, die in Zeitlupe auf den Tisch gedonnert wurde, brauner Tee und blaue Splitter, die in die Luft hinaufwirbelten, der Griff, den sie immer noch umklammerte. Wo war sein Vater? Die Spitze seines Kopfes, bedeckt von schwarzem, fettigem Haar, ragte über die Rückenlehne seines Sessels.

Er verspürte das quälende Bedürfnis zu weinen. Stattdessen setzte er seinen Kopfhörer auf und drehte die Lautstärke voll auf.

15

Auf jeden von Richards knappen Befehlen hörte Elliot sich antworten. Ihm war, als würde jemand anderer an seiner statt sprechen.

«Nenne den Bestrafer.»

«Sean Ashmore.»

«Nenne die Art der Bestrafung.»

«Den Faustkampf.»

«Nenne das Opfer.»

«Simon Kilworth. Achte Klasse.»

Simon Kilworth war klein und dick und hatte ständig ein großes weißes Taschentuch in der Hand, in das er unentwegt hineinrotzte. Er bekam gute Noten und war vom Sportunterricht befreit. Der Typ Junge, den die meisten nicht mochten, wenn sie näher darüber nachdachten. Einschließlich vielleicht Simon selbst, dachte Elliot.

Faustkampf bedeutete genau das, was das Wort aussagte: eine gute altmodische Prügelei, Mann gegen Mann. Die Kontrahenten zogen vorher die Hemden aus, um sie nicht schmutzig zu machen oder zu zerreißen, weil sie andernfalls als Beweis für eine strafbare Handlung dienen könnten, was wiederum die Eltern auf den Plan rufen würde. Nur Schläge mit den Fäusten, kein Schlag oberhalb der Schultern – blaue Augen, Schrammen im Gesicht oder aufgeplatzte Lippen waren strikt untersagt, nicht aus Gründen des Mitleids, sondern weil sie für jedermann sichtbar wären. Alles in allem war der Faustkampf die am wenigsten demütigende Art der Bestrafung, weshalb sich Elliot auch dafür entschieden hatte. Wenn Simon klug war, würde er sich in sein Schicksal ergeben und es rasch hinter sich bringen.

Richard steckte seinen Kugelschreiber wieder in die Brusttasche seines Jacketts und schloss das ledergebundene Buch, in dem die Taten der Wächter dokumentiert waren. «Gut gemacht. Jetzt musst du nur noch Oliver informieren, damit er einen gelben Zettel an das Schwarze Brett hängen kann. Und wenn alles vorbei ist, bist du einer von uns.»

Elliot fühlte nichts. In letzter Zeit ging ihm das häufig so. Am Tag nach der Auseinandersetzung mit seiner Mutter war er vor der Schule ins Schwimmbad gegangen, hatte Zuflucht gesucht, war aber nach vier Bahnen bereits wieder aus dem Becken gestiegen. Diesmal war sein Geist nicht bereit, sich von dem klaren Wasser reinwaschen zu lassen. Anders als sonst empfand er seine Glieder als schwer und ungeschickt, und das Wasser, das ihm in die Ohren floss, war ihm unangenehm. Das Schwimmen erwies sich als nutzlos: Er bewegte seine Körperteile mechanisch durch das Nass, das war alles. Dorthin konnte er sich nicht mehr flüchten.

Es gab überhaupt keinen Ort mehr, an den er flüchten konnte.

Außer zu Louise.

Wenn er mit ihr zusammen war, wenn er an sie dachte, floh er vor sich selbst. Sie war der einzige Mensch, der in ihm noch irgendeine Reaktion hervorrief, irgendein Gefühl. Sie war das Einzige, was nicht zerstört oder beschmutzt worden war. Wenn er sie heute Abend traf, würde er zum ersten Mal seit drei Tagen wieder anfangen zu leben.

Das Treffen war vorbei und Gareth und Cameron waren bereits gegangen. Elliot wollte sich ebenfalls abwenden, aber Richard verstellte ihm den Weg. Er ließ eine Hand auf Elliots Schulter fallen und lächelte auf eine Art, die Elliot beunruhigte. «He, viel Spaß heute Abend. Aber versprich mir, dass du es nicht übertreibst, okay?»

«Wovon redest du?»

Richard zwinkerte ihm zu. «Ich habe gehört, dass du heute eine gewisse junge Dame ausführst. Ein romantischer Abend, nur ihr zwei. Sehr schön. Ich habe gar nicht gewusst, dass du bei dem schwachen Geschlecht so einen Stein im Brett hast.»

«Wer hat dir davon erzählt?» Er war bestürzt, dass sein Geheimnis nicht länger ein Geheimnis war, obwohl es ihn nicht überraschte – die Beobachter waren überall. Aber er wollte Louise nicht mit seinem restlichen Leben in Berührung bringen. Aus irgendeinem Grund fühlte er sich auch unsicher, obwohl die Tatsache, dass er mit Louise verabredet war, die Wächter überhaupt nichts anging.

Richard hob die Augenbrauen. «Kein Grund, sauer zu werden. Neuigkeiten sprechen sich schnell herum – aber das weißt du ja.»

«Ja, klar.» Elliot hatte sich wieder im Griff. «Wir sind nur Freunde, mehr nicht. Also werde ich es bestimmt nicht übertreiben – was auch immer das heißen soll – für den Fall, dass Oliver so etwas angedeutet hat.»

«Schon gut, schon gut!» Richard hob spöttisch die Hände, als ob er sich ergeben wollte. «Es würde Oliver nicht einmal im Traum einfallen, irgendetwas anzudeuten. Und ich bin mir ganz sicher, dass du genau weißt, wie du dich zu verhalten hast, wenn man bedenkt, was für einen Ruf du zu verlieren hast. Ich dachte lediglich, dass du an einem guten Rat interessiert wärst von jemandem, der schon genügend Erfahrung gesammelt hat – wenn du weißt, was ich meine.»

Elliot war auf der Hut, aber die unangenehme Wahrheit war, dass er keine Ahnung hatte, wie er sich verhalten sollte, einfach weil er nicht wusste, was ihn an diesem Abend erwartete. Die Videos im Aufklärungsunterricht hatten lediglich die technische Seite der Sache im Visier. Über die erste Verabredung mit einem Mädchen, einem echten, lebendigen Mädchen, erfuhr man dort rein gar nichts.

«Was für einen Rat? Worüber?»

Richard legte seinen Arm um Elliots Schultern. «Elliot, Elliot. Du musst lernen, dich nicht immer gleich angegriffen zu fühlen. Alles, was ich damit sagen wollte, ist, dass es ein paar Dinge gibt, die man wissen sollte, wenn man ein Mädchen glücklich machen will, verstehst du? Du willst doch nicht, dass *sie dir* den Laufpass gibt, oder? Nein? Das dachte ich mir. Also hör gut zu...»

Der Film war nicht so schlecht, wie sie erwartet hatten, obwohl Louise während des Abspanns erklärte, dass die computeranimierten Mutanten im Vergleich zu den echten Schauspielern einen Oscar verdient hätten. Und ohne sie an seiner Seite hätte er die ganze Sache als unerträglich empfunden.

Mit einem Mädchen auszugehen war eine völlig neue Erfahrung für Elliot. Er war sich unsicher bei der Frage, wer den Eintritt bezahlen sollte und ob sie mehr von ihm erwartete, als sich nur den Film anzuschauen. Schließlich ließ sich Louise von ihm zu einem Eis einladen und nach der Hälfte des Films stahl sich ihre Hand in seine und blieb dort bis zum Ende. Er hatte ganz still gehalten, aus lauter Angst, etwas Falsches zu tun.

Als sie aus dem Kino kamen, hielt sie immer noch seine Hand. Draußen war es noch hell. Der Mond schien, hatte aber einen blassen gelben Hof. Elliot wollte nicht, dass der Abend schon zu Ende war, dass sie ihn schon wieder verließ. Schnell sagte er: «Ich begleite dich nach Hause – in Ordnung?»

Sie drückte seine Hand. «Das wäre schön.»

Sie schlenderten langsam durch die Straßen, aber die Zeit verging wie im Flug und schon bald näherten sie sich Louises Haus. Keiner von beiden hatte ein Wort gesagt, seit sie das Kino verlassen hatten. Panik stieg in ihm auf. Wartete sie darauf, dass er etwas sagte? Wie sollte er sich von ihr verabschieden? Sollte er ‹Gute Nacht› sagen? Nein, zu formell. Oder vielleicht ‹Danke›? Nein, das war nicht genug.

Ein paar Häuser vor ihrer eigenen Haustür blieb Louise stehen und schaute ihn an. Sie trat näher, bis sie nur noch eine Handbreit von ihm entfernt war.

Die Luft war warm und still. Die Straße war menschenleer.

Sie griff nach seiner anderen Hand. In seinem Magen bildete sich ein harter Knoten. Ein warmer Schauer durchzog ihn.

Leise fragte sie: «Willst du mich nicht zum Abschied umarmen?»

Ihre Stimme, ihre Frage, ihre Nähe ließen ihn dahinschmelzen. Er konnte sich nicht bewegen. Er war schwerelos, so leicht wie eine Wolke. Seine Moleküle wurden lediglich durch einen seidenen Faden zusammengehalten. Unruhig wirbelten sie in der Luft herum und bebten sanft.

Sie ließ seine Hände los und schlang ihre Arme um ihn. Er wurde gegen sie gedrückt; ihre Hände pressten ihn an die warmen und weichen Rundungen ihres Körpers. Sein Gesicht lag an ihrem Hals. Er atmete sie ein, schmeckte sie, trank den leichten, fremdartigen Duft ihrer Haut, ihres Haares, ihres ganzen Wesens.

Sie zog ihn noch näher an sich und dann strich sie mit den Fingernägeln sanft über seinen Nacken. Er hielt die Luft an, als ihn ein leichter elektrischer Schlag durchzuckte.

Die Mauer um ihn zerbröckelte. Sein Verlangen nach Trost war überwältigend. Er war bereit, ihr alles zu gestehen, sich ihr zu öffnen. Er war bereit, ihr zu vertrauen, dass sie ihn verstehen und ihm sagen würde, dass alles gut werden würde, dass er sich an ihrer Schulter ausweinen konnte wie ein kleines Kind.

Sie zog ihn noch näher. Dann flüsterte sie: «Ich mag dich.»

Die Worte rissen ihn wieder in die Wirklichkeit zurück. Verzweifelt schob er seine Gedanken beiseite und schauderte bei der Vorstellung, wie nahe er daran gewesen war, alles zu verderben. Richards Worte kamen ihm in den Sinn. *Wenn sie sagt ‹Ich liebe dich› oder ‹Ich mag dich›, dann ist das dein Stichwort. Dann erwartet sie, dass du den nächsten Schritt machst. Du musst bereit sein, und sobald sie das gesagt hat, gib ihr, was sie von dir verlangt.*

Dem war eine detaillierte Beschreibung gefolgt, wie dieser nächste Schritt auszusehen hatte.

Ihm war nie in seinem Leben weniger nach Sex zumute

gewesen. Er wäre am liebsten die nächsten hundert Jahre einfach nur so stehen geblieben, von ihr festgehalten. Sie sollte ihn niemals mehr loslassen. Aber es half nichts. Richard hatte ihm erklärt, dass er durch seine Naivität und Schüchternheit den Fortschritt in seiner Beziehung zu Louise aufgehalten hatte. Louise wollte sich nicht zurückhalten – sie hatte ihm das Zeichen gegeben. Wenn er nicht reagierte, würde sein Versagen bereits am nächsten Tag die Runde machen, so schnell wie sich Läuse im Kindergarten ausbreiten. *Sutton bringt's nicht. Weißt du, ich bin mit ihm ausgegangen und alles, was er wollte, war Händchen halten. Ich glaube fast, er hatte keine Ahnung, was er machen sollte.*

Unglücklich ließ er seine Hand von ihrem Rücken weiter nach unten wandern, wie Richard ihn angewiesen hatte.

Sie riss sich von ihm los. Sein Unterkiefer schlug schmerzhaft gegen ihre Schulter, und er biss sich auf die Lippe.

Sie starrte ihn an. «Was machst du da?»

Verwirrt fragte er: «War das nicht das, was du wolltest?»

«Nein, verdammt noch mal, das war es nicht!» Sie trat einen weiteren Schritt zurück, in den Lichtkreis der am nächsten stehenden Straßenlaterne. «Wie um alles in der Welt kommst du darauf?»

Er schmeckte Blut und wischte sich mit dem Handrücken den Mund ab. Er konnte ihren plötzlichen Stimmungswechsel nicht begreifen. «Du warst doch diejenige, die ...» Ein Gefühl von Unsicherheit schlich sich in sein Herz. Er setzte noch einmal an, aber seine Worte klangen schwach und jämmerlich, als ob er selbst nicht glaubte, was er sagte. «Ich dachte, du wolltest, dass ich ...»

Er schaute nach unten auf den dunklen Streifen auf seiner

Hand. Seine Zweifel verhedderten sich ineinander. Höchstwahrscheinlich hatte er Richard nicht richtig zugehört. Es war unmöglich, dass Richard sich irren konnte. Er hatte alles so genau beschrieben, so wissend, so selbstbewusst.

Es war sein Fehler. Er hatte nicht zugehört. Und jetzt hatte er alles verdorben, hatte bewiesen, dass er ein völliger Versager war. Spätestens am Montag in der großen Pause würde es jeder in Holminster wissen. Er war erledigt.

Louise dachte wahrscheinlich schon darüber nach, wen sie zuerst anrufen sollte, wenn sie nach Hause kam. Es hatte keinen Sinn, noch Öl in die Flammen zu gießen, indem er sie bat, nichts davon zu verraten. Er war am Boden zerstört. «Ich gehe jetzt besser nach Hause», sagte er.

Sie schaute nach unten auf den Asphalt und schüttelte leicht ihren Kopf. «Alles, was ich wollte, war ... Aber was soll's? Du musstest es unbedingt verderben, nicht wahr? Du musstest beweisen, dass du nicht besser bist als alle anderen Typen.»

«Es tut mir leid», sagte er kleinlaut.

«Ja, sicher. Es tut dir leid, dass du mit deiner Grabscherei nicht weitergekommen bist. Und jetzt wirst du es mir wahrscheinlich heimzahlen. Du wirst deinen Kumpeln erzählen, dass ich lesbisch bin oder frigide oder irgendeine andere Schmeichelei.»

Es dauerte eine Weile, bis er den Sinn ihrer Worte begriff.

Sie glaubt, dass ich derjenige bin, der diese Schlacht gewonnen hat.

Die Erkenntnis wurde von einem blitzartigen Schock begleitet, gefolgt von der vagen Hoffnung, dass er am Ende vielleicht doch noch eine Chance hatte, dieser Situation zu entkommen, ohne Federn zu lassen. Vorsichtig sagte er: «Ich werde nichts sagen. Das heißt, ich sage nichts, wenn du auch nichts sagst.»

Sie schaute ihn verächtlich an. «Warum sollte ich der Welt erzählen wollen, dass ich dumm genug war zu glauben, dass ein Kerl mehr im Kopf hat als nur das Eine.»

Ein neuerlicher Schock durchzuckte ihn. *Elliot, du blöder Idiot! Sie hat nichts dergleichen von dir erwartet.* Und zu seinem namenlosen Schrecken löste sich seine ganze Fassade, die er versucht hatte aufrechtzuerhalten, seine ganze kontrollierte Haltung in Nichts auf. «Ich dachte, dass es das war, was ich hätte tun sollen. Was hätte passieren sollen. Das hat er jedenfalls gesagt.»

Ein Teil ihres Zorns verpuffte. «Wovon redest du? Wer hat was gesagt?» Als er nicht antwortete, fragte sie ihn ohne eine Spur von Ärger in der Stimme: «Willst du mir etwa sagen, dass das nur passiert ist, weil du auf irgendeinen pickeligen Schuljungen gehört hast? Jemand, der möglicherweise noch nie im Leben ein Mädchen angefasst hat? Heiße Ratschläge in Sachen Sex hinter der Turnhalle? Ich dachte, du wärst anders als die anderen, Elliot. Deswegen wollte ich mit dir zusammen sein.»

Selbstmitleid brannte in seinen Augen und drohte auch den letzten Rest von Selbstbeherrschung hinwegzuschwemmen. «Es tut mir leid», sagte er wieder, merkte aber selbst, wie jämmerlich seine Worte klangen. Es gab nichts mehr zu sagen. Er wollte nur noch weg, bevor er in ihrer Gegenwart anfing zu heulen.

Als ob sie spürte, wie es um ihn stand, sagte sie unsicher: «Ich muss jetzt nach Hause.» Sie zog sich von ihm zurück und eilte den Bürgersteig entlang. Das Klappern ihrer Absätze klang laut in der Stille der Nacht.

Er wartete nicht, bis sie ihr Haus erreichte, sondern überquerte die Straße.

«Elliot?»

Mitten auf der Fahrbahn blieb er stehen und schaute zurück. Louise stand schon in ihrem Vorgarten. Große Hecken zu beiden Seiten warfen Schatten auf ihre Gestalt.

«Du hast versprochen, dass du niemandem etwas erzählst, nicht wahr?», rief sie ihm zu. Ihre Stimme war nicht drohend, sondern voller Hoffnung.

Zu schnell und zu laut rief er: «Ja – ich meine, nein. Ich verspreche es. Ich meine, ich werde nichts sagen.» *Du bist eine Witzfigur.*

Sie rührte sich nicht, sondern wartete darauf, dass er etwas sagen würde. Aus welchem Grund sollte sie sonst noch da stehen. Er öffnete seinen Mund, aber brachte kein Wort heraus. Dann, als er sich zum Gehen wandte, hörte er: «Gute Nacht.»

Er wirbelte herum, aber sie war gegangen. Trotzdem rief er ihr «Gute Nacht» hinterher.

Als er schließlich nach Hause kam, hatte ihm die kalte Nachtluft gründlich den Kopf gewaschen. Er legte sich im Dunkeln auf sein Bett und starrte ins Leere.

Er hatte dem alten Elliot gestattet, die Kontrolle zu übernehmen. Er war nur einen Herzschlag weit davon entfernt gewesen, alles aufzudecken. Er konnte nicht zulassen, dass das noch einmal geschah. Er musste den alten Elliot töten, ein für allemal.

Du kannst mich nicht töten. Wie denn auch? Ich bin ein Teil von dir. Ich bin du.

Er würde einen Weg finden. Er war nicht so weit gekommen, nur damit *er* wieder das Ruder übernahm und alles verdarb.

Was denn verderben? Dir geht's ja nicht gerade blendend ohne mich, oder? Wenn du mich heute Abend früher herausgelassen hättest, wäre das alles nicht passiert.

Sie hat mir Gute Nacht gesagt, nicht wahr? So wütend kann sie also nicht sein.

Du hast Glück gehabt, dass sie nicht die ganze Nachbarschaft zusammengebrüllt hat.

Aber sie hat es nicht getan.

Hör dir doch mal zu! Du glaubst ja selbst kein Wort von dem, was du sagst.

Auf dich werde ich jedenfalls nicht hören.

Er glitt durch einen quälenden Dämmerzustand. Bilder schwammen vor seinen Augen: Louise, die sich von ihm losriss, ihr Gesicht vor Schock und Angst verzerrt – oder war es nur Schock gewesen? Hatte er sich die Angst nur eingebildet? Richard, der wollüstig grinste und seine Augenbrauen zu unvorstellbaren Formen verzog, die einem widerlichen Tier zu gehören schienen. Dabei flüsterte er: «Folgendes musst du machen ...» (Aber Richard konnte sich nicht irren – es war sein Fehler, er hatte nicht richtig zugehört.) Mrs. Davidson, die ihn anschrie: «Willst du mir irgendetwas mitteilen?» (Aber wie hatte sie ernsthaft erwarten können, dass er die Wahrheit sagen würde?) Ben, dessen Arme von Kevin Cunningham zu Boden gedrückt wurden. Sein Gesicht war vor

Panik und Wut entstellt und er schrie: «Ich krieg dich! Du hättest mich retten können. Du wirst dir noch wünschen, dass wir uns nie getroffen hätten ...»

Schließlich schlief er völlig erschöpft ein.

16

Das ganze Wochenende über kämpfte er mit sich, ob er Louise anrufen sollte oder nicht. Ein paar Mal hatte er schon ihre Nummer gewählt, wurde dann von Panik erfasst und legte auf, bevor es am anderen Ende klingelte. Am Ende beschloss er, dass es besser war, ihr etwas Zeit zu geben, um sich zu beruhigen. Aber er wollte nicht zu lange warten – je länger er nicht mit ihr redete, umso schwerer würde es sein, die richtigen Worte zu finden.

Er sah sie am Montag in der ersten Pause, als sie gerade in die Bibliothek gehen wollte. Sie erblickte ihn ebenfalls, zögerte und trat dann von der Tür zurück und wandte sich ihm zu.

«Hallo», sagte er wachsam. Er war sich nicht sicher, wie sie auf ihn reagieren würde.

«Hallo», erwiderte sie leise. Sie verschränkte ihre Arme über dem Ordner, den sie trug. Ihre Augen zuckten unruhig hin und her, verweilten einen Moment auf Elliots Gesicht und glitten dann wieder zu Boden, zur Seite, wieder zu ihm zurück und kamen schließlich auf dem Ordner vor ihrer Brust zur Ruhe.

Elliot schaute sich um und hoffte, dass niemand sie beobachtete. Er wollte nicht, dass irgendjemand sie jetzt störte. Mit unsicherer Stimme begann er: «Wegen Freitagnacht. Ich … ich weiß wirklich nicht, warum ich das tat. Ich war …

na ja, was ich damit sagen will, ist, dass es mir leid tut, ganz ehrlich, und … und … ich würde dir keinen Vorwurf machen, wenn du mir jetzt sagen würdest, dass ich verschwinden soll, aber … ich meine …»

Er konnte nicht aussprechen, was er meinte. *Willst du dich immer noch mit mir treffen?*, wollte er fragen. *Willst du immer noch mit mir reden, mich glücklich machen, mir bunte Bilder in meine Gedanken malen? Willst du immer noch, dass ich dir zuhöre, mit dir rede, dir Fragen stelle? Willst du, dass ich dich mit meiner Ungeschicktheit weiterhin amüsiere und ärgere? Willst du überhaupt noch etwas von mir? Würdest du es jemals wieder in Erwägung ziehen, mich zu berühren, wie du es am Freitag getan hast – deine Finger auf meinem Nacken, auf meinem Kopf, dein Körper eng an meinen gepresst, so eng, dass wir fast so wirkten wie eine Person, nicht wie zwei verschiedene Menschen?*

Aber er wusste nicht, wie er das in Worte fassen konnte, die er sich trauen würde auszusprechen. Worte, die Louise akzeptieren würde. Erwartete sie, dass er zerknirscht war, dass er sie auf den Knien um Verzeihung bat? Das sähe ihr nicht ähnlich, aber schließlich war dies eine völlig neue Situation und vielleicht galten jetzt andere Regeln.

Oder wollte sie, dass er so tat, als ob nichts geschehen wäre und sich nichts zwischen ihnen verändert hätte? Als ob nichts von alledem falsch gewesen wäre oder eine besondere Rolle spielen würde? Betrachtete sie es als etwas, worüber man lachen konnte und was man als neue Erfahrung abhakte? War in ihren Augen nichts passiert, was man nicht ignorieren, vergeben und vergessen konnte, sollte und würde?

Er schaute sie an und suchte in ihrem Gesicht nach einem

Anhaltspunkt für das, was in ihr vorging, was sie zu ihm sagen würde.

Nach einer kleinen Ewigkeit erklärte sie, die Augen immer noch auf ihren Ordner geheftet: «Auch mir tut's leid. Ich ... ich hätte das nicht sagen sollen. Wenigstens nicht alles davon.»

Der letzte Satz zauberte einen Hauch der alten Louise herbei, der Louise, die er kannte, die vor Selbstbewusstsein nur so sprühte und funkelte. Sein Herz machte einen kleinen Satz.

Aber dann schaute sie ihm direkt in die Augen und er erkannte, dass sie immer noch nicht die alte Louise war. Es waren Louises Augen, ihr Haar und ihr Mund – all die körperlichen Erscheinungsformen, die er kannte und liebte – aber das Etwas, das sie darüber hinaushob, das sie für ihn kostbarer machte als alles andere – das fehlte.

Langsam atmete sie aus. «Ich habe viel darüber nachgedacht, was ich dir sagen will, und ich weiß nicht, ob ich es richtig herausbekomme, aber ich möchte, dass du mir zuhörst, okay?» Es klang, als würde sie einen Text ablesen.

«Ich weiß, du bist ein Junge, und Jungs sind immer scharf auf ein ausgedehntes Vorspiel – das ist mir sehr wohl bewusst. Und ich habe auch nicht geglaubt, dass du immer nur mit mir reden willst. Aber du ...» Bildete er sich das nur ein, oder zitterte sie tatsächlich? «Du hast so einen liebenswerten Eindruck gemacht, so freundlich und sanft. Es kam mir fast so vor, als wärst du ...» Sie lachte unsicher, peinlich berührt, «als wärst du *unschuldig*. Ich weiß auch nicht ... Ich meine, du hast mich nicht ständig angefasst oder mich angehimmelt oder mir Geschenke gemacht, und dann ... in dieser Nacht waren wir uns so nah und ich wusste nicht, ob du dich trauen würdest, mich zu küssen, und ich dachte, wenn du es nicht tust … dann müsste ich dich küssen … Ich meine, ich *wollte*, dass du mich küsst … und das …»

Schutz suchend klammerte sie sich an ihren Ordner. «Das war alles, wozu ich bereit war. Das war alles, worauf du mich vorbereitet hast. Und dann, als du … als du das getan hast, da war es, als ob ich plötzlich einen völlig Fremden umarmen würde, und es schien mir so … ich kann es nicht genau erklären, aber … Und dann bin ich ausgerastet. Ich war völlig fertig. Ich hatte keine Ahnung, was als Nächstes kommen würde. Ich hatte keine Ahnung, was du tun würdest. Es war, als ob sich Doktor Jekyll plötzlich in Mr. Hyde verwandelt hätte.»

Er hatte sie noch nie so verunsichert erlebt. Er war an ihre Festigkeit gewohnt, an ihre wütenden Monologe, an ihre Traurigkeit, ihre überschäumende Freude, ihre melancholische Stimmung, an ihre reinen, scharfen, wunderbaren Emotionen. Immer hatte sie gewusst, was sie wollte, war sich sicher, was sie dachte. *Anders als ich.*

Unglücklich sagte er: «Ich wollte gar nichts tun. Ich hätte doch nie … nicht so. Glaubst du mir nicht?»

Sie schüttelte leicht den Kopf. «Ja, vielleicht. Wahrscheinlich. Ich weiß es zwar jetzt, nachdem du es mir gesagt hast, aber wenn ich darüber nachdenke, was passiert ist …» Sie zögerte. «Ich war dumm, ich war naiv, und du könntest mit Recht behaupten, dass ich dich an der Nase herumgeführt, es darauf angelegt habe. Denkst du das?»

Er konnte nicht glauben, was er da hörte. «Das habe ich nie behauptet. Ich habe dir gesagt, dass es mir leid tut. Das war ernst gemeint. Ich will dir nichts vorwerfen.» Innerlich krümmte er sich, als er das Flehen in seiner Stimme hörte.

Wieder schüttelte sie den Kopf. «Das meinte ich nicht. Ich wollte damit nicht sagen, dass ich dich für einen fiesen Macho halte, aber …» Sie holte tief Atem. «Alles hier in Holminster ist so … so gemein, so bösartig. Ich hasse es. Diese blöden Wächter … und all die Jungs, die nur darauf warten, dass wieder so ein schrecklicher gelber Zettel am Schwarzen Brett hängt. Und die Mädchen sind auch nicht besser, mit ihrem hinterhältigen Geschwätz und ihrer boshaften Heuchelei. Sie sind alle nur *Puppen*, völlig seelenlos. Man könnte die ganze Bande morgen gegen einen Satz neuer Puppen austauschen und keiner würde den Unterschied merken. Abgesehen von den Freaks, die sind anders, aber mit denen kann man nichts anfangen. Man kann nicht mit ihnen reden. Sie haben nur Modems im Kopf oder die Relativitätstheorie oder sie erzählen dir, warum wir alle auf den Mond auswandern sollten …»

Er liebte sie, wenn sie so redete. Er hoffte, dass sie weitermachen und wieder zu ihrem alten Selbst finden würde. Aber sie brach abrupt ab.

«Ich wollte so gerne, dass du anders bist», sagte sie schließlich. «Ich wollte nicht, dass du so bist wie alle anderen. Und ich dachte, dass ich etwas Besonderes in dir gefunden hätte. Und jetzt – jetzt weiß ich überhaupt nicht mehr, wer oder was du bist.»

Sie schwieg, als ob ihr Text zu Ende wäre.

Ich bin, was immer du dir wünschst – jede beliebige Person, dachte er. *Egal wer. Sag mir, welche Maske ich tragen soll, und ich werde sie für dich aufsetzen.*

Sie stand da, traurig und ratlos. Wie in jener Nacht war er versucht, ihr zu erzählen, was los war, ihr die Wahrheit zu sagen. Aber er war sich jetzt noch mehr im Klaren als damals, dass es nicht möglich war.

Als sie die Wächter erwähnt hatte, war in ihm einen Moment lang ein Funken Hoffnung erglüht. Sie kannte die Wächter, so wie vermutlich alle Mädchen sie kannten, aber sie hatte keine Ahnung, wer sie in Wirklichkeit waren. Das hatte sie deutlich zu erkennen gegeben, als sie die Wächter «dumm» genannt und ihre Handlungen mit den Streitereien von gelangweilten Mädchen verglichen hatte. Selbst wenn sie herausfinden würde, dass er etwas mit den Wächtern zu tun hatte, würde sie nicht begreifen, was das bedeutete. Sie wäre zwar enttäuscht, dass er nicht anders war als alle anderen, so wie sie es sich erhofft hatte, aber sie würde ihn nicht sofort von sich stoßen.

Doch so schnell, wie diese Hoffnung aufgeflackert war, so schnell erstarb sie auch wieder. Wenn sie das wahre Wesen der Wächter nicht kannte, konnte er ihr auch nicht von der Angst erzählen, die an seinem Herzen fraß, von jener Angst, die jederzeit ausbrechen und ihn verschlingen konnte. Er konnte ihr nichts von der Entscheidung erzählen, die er treffen musste – entweder Opfer zu sein oder Wächter –, und dass er zwar den Gedanken, zu den Wächtern zu gehören, verabscheute, es aber nicht länger ertragen konnte, auf der Seite der Opfer zu stehen. Nur wenn er ihr die Wahrheit über die Wächter erzählte, würde sie ihn verstehen. Und wenn er das tat, würde sie ihn hassen, und er würde sie auf immer verlieren.

Alles, was er ihr sagen konnte, war eine Lüge. Alles, was er für sie sein konnte, war eine Erfindung, eine Figur in einem Stück, eine weitere Maske.

«Ich brauche etwas Zeit, um nachzudenken, das ist alles», sagte sie, ohne ihn anzusehen.

«Sicher, in Ordnung», erwiderte er. «Was immer du willst.»

Er hörte sie sagen: «Ich meine damit nicht, dass ich dich nicht mehr sehen will, nur … für eine Weile nicht, okay?»

Und er hörte sich antworten: «Das ist schon in Ordnung. Was immer du für richtig hältst.»

Es war, als würde sich in der Luft zwischen ihnen ein Abgrund öffnen, der sie voneinander trennte, sie unerreichbar füreinander machte, bis sie einander nicht mehr richtig sehen oder hören konnten. Er konnte nichts weiter tun, als dazustehen und leere Worte in die Luft zu blasen, während sie ihm gegenüber stand und ihn nicht hörte. Sie waren jetzt nur noch zwei Menschen, die miteinander redeten.

Er war nicht überrascht, dass er so wenig dabei empfand. Der kalte Stahl in ihm war angewachsen und hatte sich bereits so weit ausgebreitet, dass er den Schmerz kaum noch spürte. Er war immun gegen jede Art von Gefühl, sei es körperlich oder seelisch. Ihm war alles gleichgültig.

Er hörte sie reden und vernahm seine eigene Stimme, wenn er ihr antwortete. Nach kurzer Zeit war ihr Gespräch beendet.

Er schaute ihr nach, wie sie davonging.

Er wartete und fragte sich, ob sie zurückschauen würde, obwohl er die Antwort bereits kannte.

An der Tür zu dem Gebäudetrakt, in dem die Chemielabors untergebracht waren, hielt sie inne.

Sein Herz rührte sich nicht.

Sie öffnete die Tür, ging hinein und ließ die Tür hinter sich zufallen.

Nach einem langen Augenblick ging auch er davon.

Er war in einem Traum gefangen, saß in der Falle seiner eigenen Erinnerung. Er wusste, dass es ein Traum war, versuchte sich mit Macht an einen anderen Ort zu träumen, versuchte aufzuwachen, aber es half nichts.

Er war wieder an seiner alten Schule. Am schlimmsten Tag.

Die letzte Stunde war vorbei. Er war schon fast zum Tor hinaus. Und dann packten sie ihn und schleppten ihn zurück zu den Umkleidekabinen hinter der Schule. Kevin Cunningham. John Sanders. Steven Watson. Jeder von denen war alleine schon schlimm genug. Die drei zusammen waren schrecklicher als alles, was er sich hatte vorstellen können.

Sie stießen ihn mit dem Rücken gegen die Wand und hielten seine Arme fest. Kevin schob sich ganz dicht an ihn heran, bis sein Atem Elliots Gesicht streifte.

«Hallo, Elliot. Denkst du, wir hätten dich vergessen?»

Er sagte nichts. Jede Reaktion würde alles noch schlimmer machen.

«Antworte, wenn man mit dir spricht.»

«Nein.»

«Nein was?»

«Nein – ich habe euch nicht vergessen.»

«Du bist ein Loser, Elliot, weißt du das?»

«Das ... weiß ich.»

Kevin lächelte. «Es gibt einen Ort für Typen wie dich, Elliot. Man nennt ihn Müllhalde. Warum tauchst du immer wieder in der Schule auf? Du weißt doch, dass wir auf dich warten, um dich dahin zurückzubringen, wo du hingehörst.» Er beugte sich vor und riss die Brusttasche von Elliots Jackett ab. Sie hing da wie eine tote Zunge.

Dann machte er dasselbe mit den anderen Jackentaschen.

Einen Moment lang fühlte Elliot gar nichts. Doch mit einem Mal bewegte sich etwas in ihm, als hätte man einen Schalter umgelegt. Plötzlich, unerklärlich und erschreckend explodierte ein weiß glühender Zorn, etwas, das Elliot noch nie erlebt hatte. Die Wut fraß sich durch ihn hindurch, geriet außer Kontrolle, wurde zu einem brüllenden Feuersturm, zu der Raserei eines Wahnsinnigen. Er riss sich von den Händen los, die ihn gepackt hatten, stürzte sich auf Kevin und schlug ihn, schlug ihn, schlug ihn – wieder und wieder und wieder ...

«Ich bring dich um, ich bring dich um, bring dich um, bring dich um!»

Sie zerrten ihn zurück und warfen ihn wieder gegen die Wand. Sein Hinterkopf schlug gegen die Kacheln, und ihm wurde übel.

Langsam stand Kevin auf. Er wischte sich das Blut von seinem Mund. «Das wirst du bereuen», sagte er. «Sehr sogar.»

Elliots Zorn war verflogen. Er spürte nur noch eine wohlige Taubheit in seinem Innern. Alles stand jetzt klar und deutlich vor ihm. Schon bald würde er tot sein. Aber in Wirklichkeit hatten sie ihn bereits vor langer Zeit umgebracht. Also konnten sie ihm gar nicht mehr wehtun.

«Ihr könnt mich nicht umbringen», sagte er. «Ich bin doch schon tot.»

Der erste Schlag traf ihn direkt über dem Herzen, und es tat überhaupt nicht weh.

Ihr könnt mich nicht verletzen. Ich bin doch schon tot. Tot.

Aber dann folgte der zweite Schlag, auf die Seite seines Kopfes, und der dritte, genau dorthin, wo der erste gelandet war.

Und sehr bald kamen die Schmerzen.

Aber ihr könnt mir nicht wehtun, dachte er. *Ich bin schon tot.*

Der Schmerz wurde stärker – ein warmes Pochen, das sich langsam ausbreitete.

Dann explodierte eine thermonukleare Bombe in seinem Kopf und er fiel. Und fiel. Und fiel. Und schließlich kam die Erlösung. Er starb.

Er wollte aufwachen, aber er befand sich immer noch mitten in seiner Erinnerung. Er musste daran denken, dass jemand ihm einmal gesagt hatte, im Traum verspüre man keine Schmerzen. Er wusste es besser.

Er hatte keine Ahnung, wie lange er tot gewesen und warum er plötzlich zurückgekehrt war. Der gekachelte Fußboden drückte kalt gegen seine Wange. Vorsichtig bewegte er die Zunge und fuhr damit über seine geschwollenen Lippen, bohrte sich in ein Loch, wo vorher noch ein Zahn gesessen hatte. Er hatte Angst, sich zu bewegen. Sein Körper war eine einzige gefühllose Masse, und er wollte, dass das so blieb. Langsam öffnete er die Augen. Eine Kupferleitung an der Wand schwamm vor seinen Augen hin und her. Er lag in der Dusche.

Er betrachtete das trübe, rosafarbene Wasser, das über den Boden in den Abfluss rann. *Es sieht so aus wie Hustensaft*, dachte er, *wie verdünnter Hustensaft*. Er stellte sich vor, wie Kevin langsam eine Flasche Hustensaft in das Wasser goss.

Der Gedanke brachte ihn zum Lachen, ein Lachen, das tief aus seinem Innern aufstieg und das er nicht unterdrücken konnte. Unwillkürlich atmete er tief ein, bewegte sich – und die Bewegung ließ seine Brust explodieren.

Als der Schmerz langsam versiegte, versuchte er es mit weiteren, langsamen und vorsichtigen Bewegungen. Er atmete flach und zog sich auf die Knie, ohne seinen Oberkörper zu drehen.

Seine Kleidung lag unter einer Brause. Ihm wurde klar, dass das Rauschen in seinen Ohren nicht das Blut war, das durch seinen Körper pulsierte, sondern das Fließen des Wassers. Er kroch zu seinen Kleidern. Zuallererst musste er sich wieder etwas Würde erkämpfen, indem er sich anzog, selbst wenn es ihn umbrachte.

Die Erkenntnis traf ihn wie ein weiterer Faustschlag. *Ich bin gar nicht tot.*

Sein T-Shirt und seine Unterhosen trieften vor Schweiß. Die Bettdecke lag auf dem Boden. Die Anzeige des Radioweckers stand auf 4:38 Uhr.

Er lag da und rührte sich nicht.

Was hatte Louise über *1984* gesagt? «*Sie können ihn nur dazu bringen, so zu denken, wie sie es wollen ... indem sie ihn zerstören.*» Damals hatte er dem keine Bedeutung beigemessen. Aber heute tat er es.

Ich habe überlebt. Ich habe den Tod überlebt.

Aber im Innern war ich bereits tot.

Aber wenn man tot ist, kann man nichts fühlen. Also war ich vielleicht damals gar nicht tot. Damals nicht.

Und heute?

17

Der gelbe Zettel hing eingezwängt zwischen dem Aufruf des Schachclubs, der neue Mitglieder suchte, und der Einladung zum Schwimmwettbewerb am Ende des Schuljahrs. Elliot kam er viel größer vor als alle früheren Zettel dieser Art. Er wirkte verräterisch und anklagend. Jedes Mal, wenn er am Schwarzen Brett vorbeikam, sah er, wie sich die Schüler darum scharten.

Der Zeitpunkt der Strafaktion war für morgen festgesetzt. Oliver würde als offizieller Zeuge dabei sein und dann den Wächtern darüber Bericht erstatten. Die Wächter traf man nämlich nie am Ort des Geschehens an. Elliot vermutete, dass er dafür dankbar sein sollte. Es war viel leichter, ein solches Ereignis zu organisieren, wenn man nicht miterleben musste, was bei diesem Anlass mit dem Opfer geschah.

Der Tag glitt mühelos an ihm vorbei. Menschen, Zeit und Raum, alles floss dahin. Er bemerkte etwas, das ihm vorher noch nie aufgefallen war: Die Welt besaß keine Farben. Er hatte bisher angenommen, dass die Wirklichkeit aus Rot, Gelb, Grün und Blau und Lila bestand, aus allen Farben des Regenbogens – denn so sah es, oberflächlich gesehen, auch aus. Aber in Wahrheit war die Realität, betrachtete man sie genauer, ein einziges Grau in Grau – Gesichter, Körper, Wände, Bäume, der Himmel – das alles bestand nur aus den verschiedenen Schattierungen von Grau.

Diese Erkenntnis ließ ihn kalt. So war es nun einmal. Warum auch nicht? Es machte es allerdings schwieriger, die Dinge einzuordnen. Die verschiedenen Grautöne flossen ineinander, verwischten Kanten und Grenzen, verschleierten, wo eine Sache aufhörte und die andere begann. Wenn er nicht aufpasste, lief er Gefahr zu vergessen, dass er sein eigenes, persönliches Grau von dem Grau anderer Menschen trennen musste. Er fragte sich, was passieren würde, wenn ihm das nicht gelang. Vielleicht würde er auch zerfließen und verwischen, vielleicht würden all seine grauen Atome sich mit den anderen grauen Atomen vermischen, bis es keinen Unterschied mehr gab zwischen dem Grau der Welt und seinem eigenen Grau. Vielleicht würde es gar keine Welt mehr geben, nur noch ein einziges, ewig währendes Grau.

Ja, das wäre in Ordnung. Das wäre ihm gar nicht unangenehm – wenn es ihm überhaupt etwas bedeutete, so oder so.

Zu Hause gab es Spaghetti Bolognese zum Abendessen. Früher einmal war das sein Lieblingsessen gewesen; heute betrachtete er es lediglich als Substanz, die gekaut, geschluckt und verdaut wurde. Ein Grau mehr. Sie aßen schweigend, so wie sie es jeden Abend getan hatten – seit *jenem* Abend.

Sobald sie mit dem Essen fertig war, stand seine Mutter auf und schnappte sich ihren Mantel, der an dem Kleiderhaken an der Tür hing. «Ich bin schon spät dran – ich arbeite heute Nacht eine zusätzliche halbe Schicht. Wenn es nicht zu viel verlangt ist» – sie durchtränkte ihre Worte mit ätzender Säure –, «könntest du dich vielleicht um den Abwasch kümmern.»

Nachdem sie gegangen war, stand sein Vater auf. Seine Bewegungen waren die eines alten Mannes. Ohne einen Blick auf Elliot zu werfen, ging er ins Wohnzimmer. Sekunden später hörte Elliot das Knarren des Fernsehsessels und dann das Gelächter eines Studiopublikums – irgendeine dämliche Gameshow, die im Fernsehen lief.

Er ließ sich Zeit mit dem Geschirr, spülte jeden Teller und jedes Besteckteil gründlich ab, ließ kochend heißes Wasser in die Spüle laufen und goss zu viel Spülmittel hinein. Er scheuerte zuerst die Teller und widmete sich dann den Resten der Spaghettisoße, die sich auf dem Topfboden abgesetzt hatte.

Das Wasser war siedend heiß. Mit voller Absicht führte er seine Bewegungen so langsam aus, wie er nur konnte, und ließ seine Hände und seine Handgelenke ständig unter Wasser. Er konzentrierte sich auf die Hitze, spürte das Brennen und den Schmerz, der seine Arme hinaufkroch, sich ausbreitete und immer stärker wurde.

Er zog seine Hände aus dem Wasser. Die Haut war feuerrot und wund. Der Schmerz war nicht grau. Der Schmerz gemahnte ihn daran, dass wenigstens ein Teil von ihm immer noch existierte. Und der Schmerz radierte alles andere aus – auch den Gedanken an die morgige Strafaktion.

Später putzte er sich die Zähne und packte seine Schultasche. Er vollführte die Handlungen automatisch, ohne nachzudenken. Dann fiel ihm ein, dass er für das Schwimmtraining ein Handtuch brauchte, und er ging zurück nach unten in die Küche, wo die Handtücher zum Trocknen auf einem Wäscheständer hingen. Das Licht im Wohnzimmer war immer noch an, obwohl der Fernseher ausgeschaltet war. Sein Vater war vermutlich zu Bett gegangen und hatte vergessen, das Licht zu löschen. Elliot ging hinein, um es auszumachen, und sah, dass sein Vater vor dem leblosen Bildschirm in seinem Sessel saß – oder besser lag. Er war in sich zusammengesunken, daher hatte Elliot ihn von der Tür aus nicht sehen können.

Sein Vater schlief. Seine Brust hob und senkte sich sacht, sein Gesicht zitterte leicht bei jedem Atemzug.

Elliot schaute ihn an – schaute auf das dünner werdende graue Haar und die ausgefransten Geheimratsecken, auf die Tränensäcke und auf die schlaffe Haut, die mit ihrem Gewicht das Gesicht nach unten zog. Er erinnerte sich.

Du kannst alles tun, wenn du es nur willst.

Warum hast du es dann nicht getan, Dad? Warum hast du dir nicht vorgenommen, gesund zu werden? Warum hast du einfach aufgegeben und uns allein gelassen?

Ich dagegen habe auf deinen Rat gehört. Ich habe etwas nur mit meiner Willenskraft geschafft. Jetzt bin ich ganz oben. Auf dem Gipfel. Was würdest du dazu sagen, Dad, wenn du es wüsstest? ‹Das ist der Weg – der einzige Weg. So muss man es machen›?

Aber er empfand keine Wut mehr. Keinen Hass. Er empfand gar nichts.

Wer sind wir?, dachte er. *Ich und Mum und du? Kenne ich uns überhaupt noch?*

Er war plötzlich schrecklich müde. Er wollte hinausgehen, wollte in sein Bett, wollte alles auslöschen. Aber seine Beine fühlten sich an wie Gummi – er hatte nicht mehr die Kraft, den Raum zu verlassen, geschweige denn nach oben zu gehen. Er schaffte es gerade noch zum Sofa. Er ließ sich darauf fallen und schloss die Augen.

Bitte, lass mich nie mehr aufwachen. Dann ist alles vorbei. Oder lass mich aufwachen und mach, dass es vier Jahre früher ist. Lass es niemals morgen werden. Bitte.

«Elliot?»

Jemand rief seinen Namen.

«Elliot?»

«Hmm.» Langsam kam Elliot zu sich. Seine Augen waren geschwollen und verklebt, seine Arme und Beine schwer und leblos.

Seine Mutter beugte sich über ihn. Sie schüttelte ihn wieder an der Schulter. Ihr Gesicht verschwamm vor seinen Augen. Sie roch nach dem Altenheim – nach Lasagne, Bohnerwachs und muffigem Lavendel.

«Ich habe Wasser aufgesetzt», sagte sie. «Möchtest du etwas trinken?»

Benommen schüttelte er den Kopf. «N... Nein, schon gut. Bin müde. Muss schlafen.» Er schaute hinüber zu dem Fernsehsessel. Er war leer.

«Er ist im Bett», erklärte seine Mutter. «Wo wir beide auch sein sollten. Aber ich würde gerne mit dir reden. Also, was möchtest du? Tee, Kaffee oder heiße Schokolade?»

Die Frage schwirrte in seinem Kopf herum, ohne dass er sie zu fassen bekam.

«Heiße Schokolade», entschied sie. «Die wird uns beiden gut tun.»

Sie ging in die Küche, und Elliot kämpfte um einen klaren Kopf. Als sein Gehirn langsam in die Gänge kam, durchzuckten ihn kleine Wellen von Panik. *Mit mir reden? Worüber denn?*

Mit zwei großen Tassen in der Hand kam sie zurück, reichte eine davon Elliot und setzte sich dann an das andere Ende des Sofas.

Eine ganze Weile sagte keiner ein Wort. Elliot starrte auf seine Tasse Kakao. Er fragte sich, ob sie erwartete, dass er den Anfang machte.

Unvermittelt fing seine Mutter an zu reden. «Ich dachte, es würde ausreichen, hierher zu ziehen. Ein neues Haus, eine neue Schule, eine neue Stadt. Ein neuer Anfang. Aber jetzt ...» Sie seufzte. «Ich weiß nicht. Es scheint nicht besonders gut zu funktionieren, nicht wahr?»

Elliot vermutete, dass dies eine jener Fragen war, auf die man keine Antwort erwartete. Und selbst wenn es nicht so wäre – was hätte er sagen sollen?

«Elliot?»

Er spürte, wie sie ihn ansah und sich wünschte, dass er seinen Blick heben und sie anschauen würde. Aber er wollte nicht. Er wollte, dass sie ihren Mund hielt und ihn ins Bett gehen ließ, bevor er etwas sagte, was er nicht meinte, nur um sie dazu zu bringen, ihn in Ruhe zu lassen.

«Elliot. Schau mich an. Bitte.»

Er schaute sie an und schaute sie gleichzeitig nicht an. Sein Blick war auf die Stelle zwischen ihren Augen gerichtet – der Trick, den Richard ihm beigebracht hatte.

Sie lächelte – es war ein trauriges Lächeln. «Es ist ziemlich lange her, dass wir miteinander geredet haben», sagte sie. «Richtig geredet, meine ich. Du siehst plötzlich so ... anders aus. Erwachsener, nehme ich an. Nicht wie ...» Sie brach ab und senkte den Blick. «Wahrscheinlich habe ich geglaubt, dass du dich nie verändern würdest.»

Oh, ich habe mich verändert. Du würdest nicht glauben, wie verändert ich bin.

Das Lächeln erlosch. «Ich mache dir keinen Vorwurf, wenn du wütend auf mich bist, Elliot. Ich hatte so viel zu tun, so viel, worum ich mich kümmern musste – ich musste zusehen, dass Geld im Haus ist, musste für deinen Vater sorgen und all das. Ich habe einfach gehofft, dass du allein zurechtkommen würdest. Es tut mir leid. Es tut mir wirklich leid.»

Ich könnte dafür sorgen, dass es dir wirklich und wahrhaftig leid tut, dachte er erschöpft. *Ich könnte dafür sorgen, dass du dir wünschst, du hättest das Thema nie angesprochen. Ich könnte dafür sorgen, dass du weggehst und dich in deinem Zimmer ausweinst. Darin bin ich gut – anderen Leuten wehzutun. Hast du mir nicht zugehört? Bitte lass es nicht so weit kommen. Lass mich einfach nur in Ruhe.*

«*Bitte*, Elliot. Ich ertrage es nicht, dich so zu sehen. Du vergräbst alles in dir, genauso wie früher. Ich werde nicht zulassen, dass das noch einmal geschieht. Kannst du das nicht verstehen?»

«Damals war alles anders.» Seine Worte hatten lässig klingen sollen, unbekümmert, grausam – so wie Richard sie ausgesprochen hätte. Aber stattdessen zerschnitten sie seine Kehle, und er stieß sie mit einem krächzenden Flüstern hervor. Er nahm einen großen Schluck Kakao und ließ die dicke Flüssigkeit zäh in seiner Kehle hinabrinnen.

«Nein, nichts ist anders.» Ihre Stimme zitterte. «Gar nichts ist anders. Vieles hat sich verändert, aber ich bin immer noch die Frau, die dich zur Welt gebracht und gesehen hat, wie du aufwächst und dich entwickelst. Du bist immer noch mein Sohn, ein Teil von mir. Das verändert sich nie, komme was wolle. Und das bedeutet, dass ich mich nicht so einfach von dir wegstoßen lasse – so leicht werde ich nicht aufgeben, glaub mir.»

Ihre Stimme zerrte an ihm, erpresste ihn. Er versuchte, sie auszublenden, tat so, als könnte er sie nicht hören, würde ihr nicht zuhören. *Ich bin nicht hier. Du bist nicht hier. Verschwinde. Lass mich allein.* Entsetzt stellte er fest, dass er weinte. Ungebetene Tränen flossen über sein Gesicht, und er hatte nicht mehr die Kraft, dagegen anzukämpfen. Er konnte sie nicht einmal mehr wegwischen.

Ich bin stark. Ich bin stark. Ich bin ...

Er merkte, wie sie ihm die Tasse aus der Hand nahm und sich dann neben ihn setzte. Sie zog seinen Kopf näher, bis er auf ihrer Schulter lag. Er spürte, wie seine Tränen ihren Ärmel durchnässten, aber er konnte sich nicht rühren. Er konnte nichts tun, als dazusitzen und sich festhalten zu lassen, als ob er wieder ein kleines Kind wäre.

«Bitte, Elliot. Wäre es nicht besser, wenn du mir sagen würdest, was los ist?

Bist du ... Ist es die Schule? Nur ... wenn sie dich dort wieder misshandeln ...»

Es wäre so wundervoll, ganz wundervoll, wenn er einfach Ja sagen könnte.

Zärtlich fuhr sie mit ihren Fingern durch sein Haar und gab leise, beruhigende Töne von sich. «Warum benutzt du so viel Gel? Das macht dein Haar ganz trocken und hart.» Aber sie sagte es, als ob sie es nicht so meinte, als ob es nichts bedeutete, und fuhr fort, ihn zu streicheln.

Er nahm einen tiefen, zitternden Atemzug. «Ich kann es

dir nicht sagen. Du würdest mich hassen. Du würdest mich für das hassen, was ich getan habe.»

«Ich werde dich nicht hassen, egal was es ist. Ich könnte dich niemals hassen.»

«Das glaubst du jetzt.»

«So werde ich immer denken. Was immer du getan hast, ich werde dich nicht im Stich lassen. Genauso, wie ich deinen Dad nie im Stich lassen werde. Das weißt du doch, oder?»

Er wollte sagen: *Das stimmt doch nicht – das, was du über Dad gesagt hast.* «Das ist nicht ... Ich hatte geglaubt ... du und Dad ... Für mich sieht das aber ganz anders aus.»

Einen Moment lang schwieg sie, und er dachte schon, er hätte etwas Falsches gesagt und sie wieder verärgert.

Dann sagte sie: «Ich kann nicht leugnen, dass ich – ich weiß nicht wie oft – dass ich am liebsten einfach aufgeben würde, alles stehen und liegen lassen und weggehen und irgendwo noch einmal wirklich neu anfangen. Aber dein Dad hat alles für uns getan, als er dazu in der Lage war ... und jetzt, da er es nicht mehr ist, ohne dass ihn dafür die Schuld trifft, bin ich an der Reihe, alles zu tun, was ich kann. Und das ... das schließt auch Schreien und Weinen mit ein und ... So funktioniert es nun einmal. Wenigstens funktioniert es so für mich. Wir sind so weit gekommen, haben durchgehalten, haben einander geholfen, und ich kann das nicht alles aufgeben. Nicht kampflos. Es ist so, wie dein Dad sagt: ‹Das ist der Weg – der einzige Weg.›»

«Für mich gilt das aber nicht, nicht wahr?», presste er mit rauer Stimme hervor.

«Nicht? Ich weiß nicht. Wenn du mir nicht sagst, was los ist, bist du der Einzige, der das entscheiden kann.»

«Nein, für mich gilt das nicht. Bei mir ist es anders. Ich bin nicht behindert. Ich kann ... ich kann es nur nicht ändern. Ich will, dass es aufhört, dass alles aufhört, aber was ich auch tue – ganz egal, was –, immer habe ich Angst und dann ...» Er brach ab, weil er befürchtete, dass er mit allem herausplatzen würde, wenn er weitersprach.

Eine Zeit lang konnte er nur seinen eigenen Atem hören.

«Manchmal», sagte sie zögernd, «manchmal können andere Menschen dir bei den Schlachten helfen, die du schlagen musst. Aber wenn sie es nicht können oder du aus irgendwelchen Gründen ihre Hilfe ablehnst, wenn du glaubst, dass du ganz allein dastehst, kann es sein, dass deine Kraft für die Schlacht nicht ausreicht. Und nichts, was ich sage, wird das, was du tun musst, für dich leichter machen. Aber ich will, dass du Folgendes weißt: Ich werde dich nie im Stich lassen. Nicht so lange ich noch einen Atemzug in mir habe.

Hast du das verstanden?

Egal, was passiert, egal, was du getan hast. Ich werde dich *niemals* im Stich lassen.»

18

Er stand früh auf, duschte, zog sich an und ging nach unten in die Küche. Er trank eine Tasse Tee, bekam aber keinen Bissen herunter.

Er spülte seine Tasse aus und ging leise wieder nach oben. In seinem Zimmer nahm er seine Schultasche vom Bett, zögerte und stellte sie wieder ab. Dann ging er nach unten, verließ das Haus und zog leise die Tür hinter sich zu.

Als er in der Schule ankam, spielten ein paar kleinere Kinder auf dem Schulhof Fußball. Wahrscheinlich kamen sie von außerhalb aus einem Vorort, von wo die Schüler jeden Morgen mit Bussen zur Schule gebracht wurden. Sie unterbrachen ihr Spiel und schauten ihm nach, als er an ihnen vorbeiging.

Wisst ihr, wer ich bin?, dachte er. *Wisst ihr, was ich euch antun könnte? Wisst ihr, dass ihr euch vor mir fürchten solltet?*

Er wandte den Blick ab und ging auf das Hauptgebäude zu.

Im Flur schaute er auf das Schwarze Brett und sah das kleine Viereck des gelben Zettels zwischen den anderen Anschlägen hängen. Sein Magen verkrampfte sich, aber er ging ruhig weiter.

Er hatte immer noch die Möglichkeit, seinen Entschluss fallen zu lassen – es nicht zu tun. Er versuchte den Gedanken zu verdrängen.

Ich kann immer noch umkehren. Ich kann mich umdrehen, nach draußen gehen und mich selbst retten.

Die Angst wuchs.

Schon früher hatte es die Möglichkeit zur Umkehr gegeben, bei jedem Schritt, den er getan hatte. Aber auf Schritt und Tritt musste er mit seiner Angst kämpfen. Und bisher hatte jedes Mal die Angst gesiegt.

Er fragte sich, warum das jetzt anders sein sollte.

Die Stimme hätte es ihm sagen können, aber sie schwieg. Sie half ihm nicht, aber sie hielt ihn auch nicht zurück.

Das Echo seiner Schritte wurden von den holzgetäfelten Wänden zurückgeworfen, von den hinter Glasscheiben hängenden Porträts früherer Schulleiter, von dem modernen Linoleumboden. Der Lärm, den er machte, hörte sich an wie Hohngelächter.

Geh weg, kleiner Junge. Wie kannst du nur glauben, dass du etwas verändern kannst? Wir haben die Tradition, die hinter uns steht. Du hast nur dich selbst.

Sein Magen drehte sich um. Der Schmerz ließ ihn taumeln, sodass er beinahe hingefallen wäre. Er versuchte seine rebellierenden Eingeweide zur Ruhe zu bringen.

Was tue ich da?, fragte er sich. Er wusste genau, dass er es nicht schaffen würde. Er hatte nicht einmal die Kraft, einer einzigen Person Widerstand zu leisten, von den Wächtern ganz zu schweigen. Den Wächtern und allen Kräften, die sie beherrschten oder die sich ihren Befehlen unterwarfen. Macht. Gewalt. Angst.

Es ist nämlich nicht so, dass wir zuerst da waren – Holminster hat uns erschaffen.

Er wusste, dass er eine gewisse Stärke besaß, die Stärke, die es ihm erlaubt hatte – fast –, ein Wächter zu werden. Sie war ein Teil von ihm, im Guten wie im Bösen. Aber es war nicht die Art Stärke, die er jetzt brauchte. Jetzt benötigte er etwas, mit dem er genau diese Stärke bekämpfen konnte. Etwas, das einen Menschen befähigen würde, eine Handbreit unter dem Gipfel des Mount Everest innezuhalten, sich in die Leere zurückzulehnen – und loszulassen.

Dieses Etwas hatte ich nie. Niemals.

Viel zu früh tauchte die Tür des Schulleiters vor ihm auf. Er unterdrückte das Verlangen, zur Toilette zu rennen und sich zu übergeben.

Er schloss die Augen. Versuchte, sich Mut zuzusprechen. Im Stillen wiederholte er die Worte der vergangenen Nacht: *Ich werde dich nie im Stich lassen. Nicht so lange ich noch einen Atemzug in mir habe. Hast du das verstanden? Egal, was passiert, egal, was du getan hast. Ich werde dich niemals im Stich lassen.*

Aber hierbei kannst du mir nicht helfen, dachte er. *Es ist, wie du gesagt hast – manche Schlachten muss man alleine schlagen.*

Niemand kann mir helfen.

Er sah wieder die Gestalt vor sich, die gegen die gekachelte Wand der Umkleidekabine gedrückt wurde. Sah Kevins Fäuste, die immer und immer wieder zuschlugen. Sah den Körper auf dem Boden, zerbrochen und blutend.

Seine Brust verengte sich. Das Atmen fiel ihm schwer.

Leben oder Tod, dachte er. *Das ist die Wahl, die ich habe. Und wer würde sich schon freiwillig für den Tod entscheiden?*

Er wusste die Antwort bereits im Voraus.

Ich würde es tun. Ich bin schon tot.

Er hatte sich selbst weggestoßen und sich von allem gelöst,

was ihm etwas bedeutete – von allem, was ihm wichtig war, und von jedem, der sich um ihn sorgte.

Ich bin schon tot.

Und doch erkannte er plötzlich, dass ein Teil von ihm beschlossen hatte, nicht zu sterben. Die alten Elliots – die Elliots, die er mit Macht zu töten versucht hatte – klammerten sich immer noch verzweifelt ans Leben. Wenn es nicht so wäre, hätte er wohl kaum solche Angst.

Nicht zu sterben, nach all der Mühe, die ich mir gegeben habe, sie umzubringen, dachte er. *Dazu gehört wahrhaftig Kraft.*

Bevor dieser Moment vorüberziehen konnte, hob er seinen Arm, um zu klopfen.

Er zögerte. Die Schule lag still da. Das einzige Geräusch kam von der anderen Seite der Tür: ein Husten, das leise Rascheln von Papier. Aber irgendetwas ließ ihn innehalten.

Und dann wusste er, was es war. Sein Mund war so trocken wie Toilettenpapier, sein Magen hatte sich fast völlig aufgelöst, etwas Saures stieg seine Kehle empor; und trotzdem, trotz allem, war er – ruhig. Das war das Wort: nicht zufrieden, nicht glücklich, sondern ruhig. Eine tiefe, starke, friedliche Ruhe, die er noch nie zuvor empfunden hatte. Er dachte: *Ich habe immer noch Angst, aber ich werde es durchstehen.*

Er konnte sich nicht erinnern, dass er hierzu schon einmal in der Lage gewesen war.

Er musste an Louise denken, und an Ben.

Jetzt könnte ich euch sagen, wer ich wirklich bin, wenn es euch noch interessieren würde.

Was hatte Louise doch gleich gesagt, als sie über *1984* sprach? Sie hatte gesagt: «Aus freiem Willen tritt er dem

System entgegen. Er gehorcht seinem wahren Glauben und riskiert alles. Und damit befreit er sich selbst …» Damals hatte er sie nicht verstanden, aber jetzt begriff er den Sinn dieser Worte: Das Wichtige, das, was zählte, war nicht die Tatsache, dass man Angst hatte, sondern das, was man tat, wofür man sich entschied, wenn man Angst hatte. Und vielleicht hatte das etwas damit zu tun, ob man lebendig war – oder sich damit begnügte, tot zu sein.

Er hätte den Gedanken gerne noch weiter verfolgt, aber jetzt war nicht der richtige Zeitpunkt dafür. Außerdem wusste er, dass er diesen Gedanken nicht mehr so leicht aus den Augen verlieren würde.

Wieder hob er seine Hand, und diesmal zögerte er nicht.